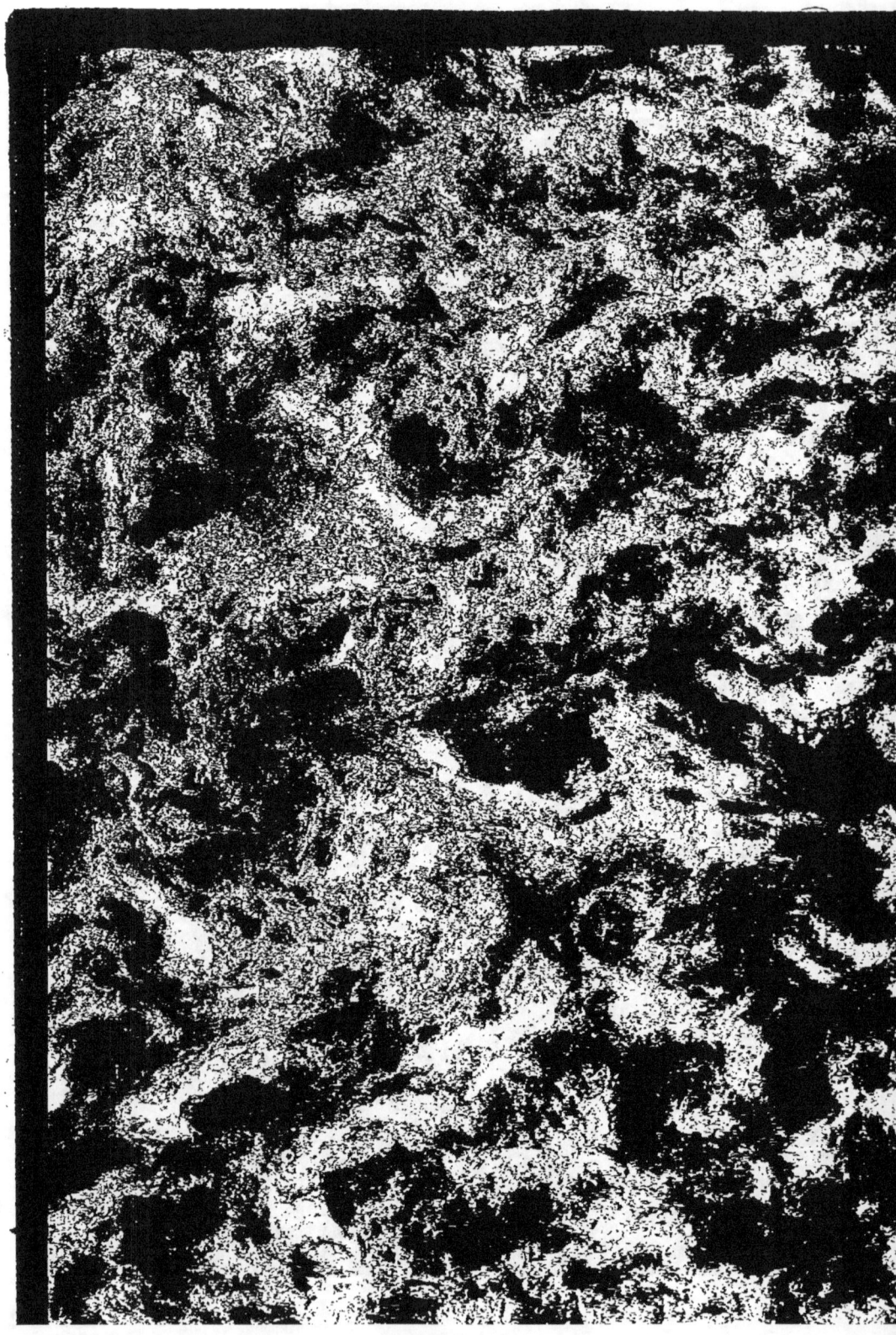

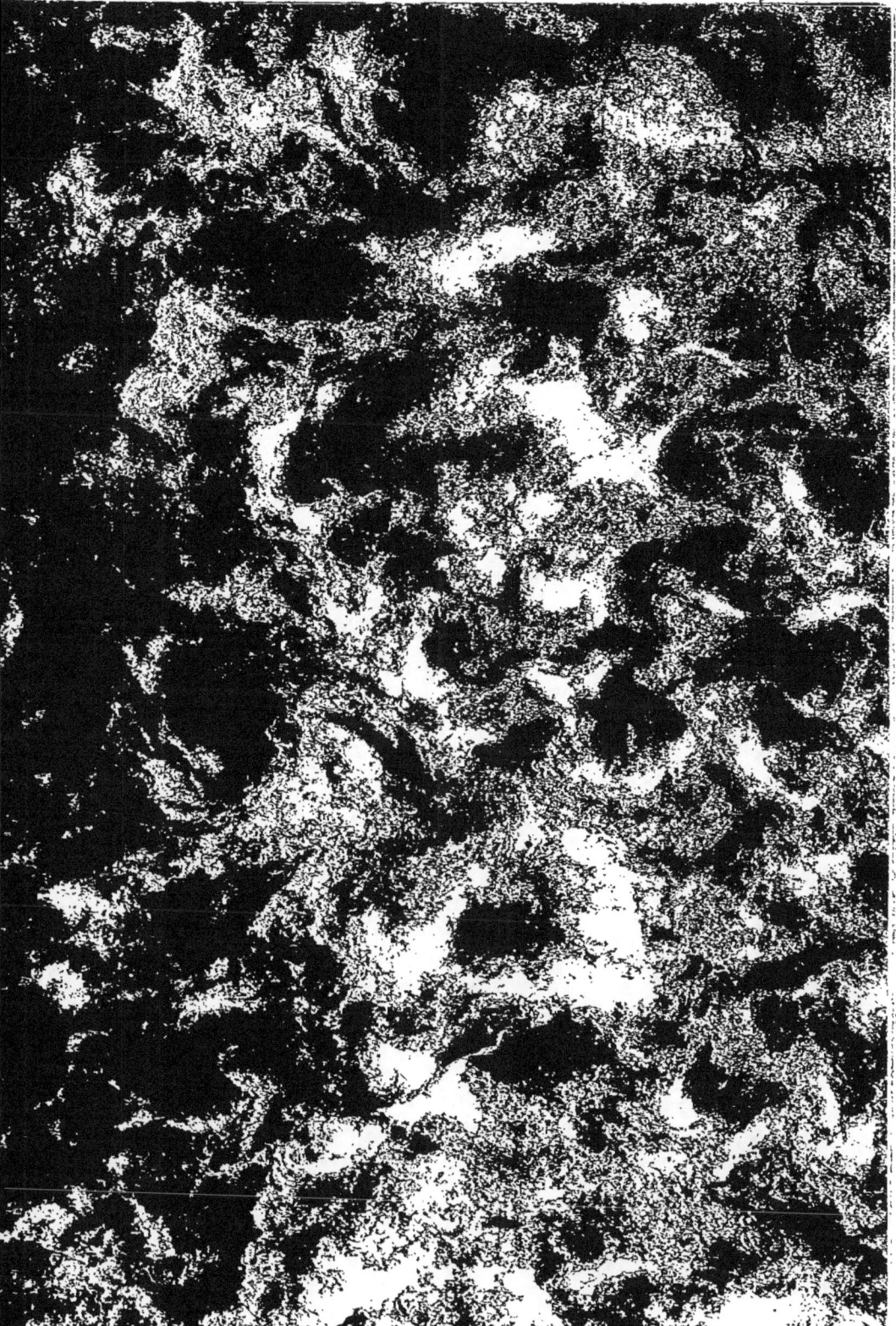

CASIMIR PERTUS

LES
ÉCHOS POÉTIQUES

ODES, BALLADES ET POÉSIES DIVERSES

ÉDITION NOUVELLE

AVEC LETTRES

DE VICTOR HUGO, DE LAMARTINE ET DE VIENNET.

PARIS

CHEZ E. SAUSSET, LIBRAIRE

Galerie de l'Odéon, 12.

1865

LES ÉCHOS POÉTIQUES

(1849)

OUVRAGES DU MÊME AUTEUR :

Les Lyres brisées, poëmes, dix-huitième siècle : André CHÉNIER, GIL
et MALFILATRE.

La Satire du dix-neuvième siècle.

POUR PARAITRE PROCHAINEMENT :

Les Lyres brisées, poëmes, dix-neuvième siècle : MILLEVOYE, Esco
Elisa MERCŒUR, Hégésippe MOREAU.

Vercingétorix, poëme héroïque et national.

Le théâtre complet de Sophocle, traduit en vers.

Paris. — Typographie HENNUYER ET FILS, rue du Boulevard, 7.

CASIMIR PERTUS

LES
ÉCHOS POÉTIQUES

ODES, BALLADES ET POÉSIES DIVERSES

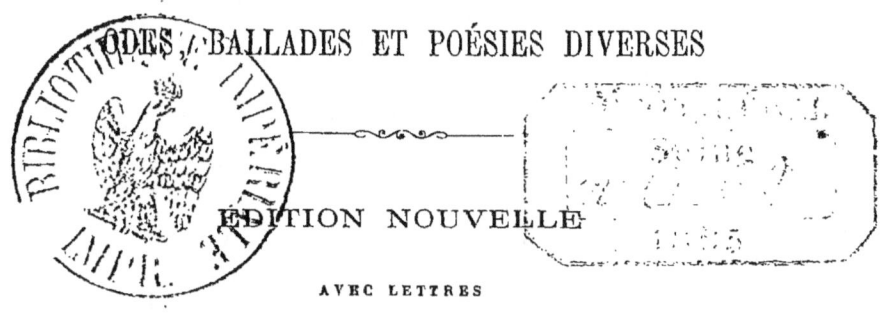

ÉDITION NOUVELLE

AVEC LETTRES

DE VICTOR HUGO, DE LAMARTINE ET DE VIENNET.

PARIS
CHEZ E. SAUSSET, LIBRAIRE
Galerie de l'Odéon, 12.

1865

Guernesey, Hauteville-house,
8 février 1857.

Merci, Monsieur, de vos belles strophes, si vaillantes, si nobles, si inspirées! L'envoi est digne du livre. J'ai lu ce charmant recueil, que vous intitulez modestement *Echos poétiques*. Ce sont des échos si le chant de la fauvette est un écho, si la lumière de l'aube est un reflet.

Je vous remercie de votre cœur, je vous félicite de votre talent, et je vous serre la main.

VICTOR HUGO.

Paris, février 1857.

MONSIEUR,

Je vous prie de recevoir mes excuses. Une absence qui s'est prolongée jusqu'en janvier ne m'a pas permis de vous répondre plus tôt. Je n'en ai pas moins lu vos vers avec le vif intérêt qui s'attache à votre talent. Le sentiment en est trop poétique pour que je n'en aie pas été ému et charmé.

LAMARTINE.

MONSIEUR,

Je suis tenté de vous répondre par un *oui* en l'appliquant au dernier vers de votre charmant recueil. Vos vers sont bien faits. Ils m'ont reposé de bien d'autres que je vois prôner et récompenser par l'esprit de parti ou de coterie. On n'a pas besoin de se fatiguer l'esprit à démêler votre pensée dans un fatras de métaphores incohérentes. Vous êtes clair, concis; vous savez dire ce qu'il faut et ne pas dire plus. Je vous remercie de m'avoir fait connaître vos *Echos*, et je vous prie de croire que mes éloges en trouveront autant que vous aurez de lecteurs.

Agréez, Monsieur, l'assurance de ma sympathie et de mes sentiments très-distingués.

VIENNET.

A

VICTOR HUGO

EN LUI ADRESSANT UN EXEMPLAIRE DES *ÉCHOS POÉTIQUES*.

I.

Que ne suis-je cette hirondelle
Qui vole et fuit sous l'horizon !
J'irais frapper à grands coups d'aile
A la vitre de ta maison ;

Je te dirais : « Sous mon plumage
Palpite un cœur qui sait aimer ;
Poëte, écoute mon ramage ;
Je voudrais pouvoir te charmer ! »

Que ne suis-je la tendre brise,

Ou son amant le doux zéphyr !

A l'heure où ton âme se brise,

Je t'apporterais mon soupir ;

Pour bercer dans la rêverie

Ton cœur plus aisément calmé,

Par quelques fleurs de la patrie

Ce soupir serait parfumé !

Que ne suis-je ce grand nuage

Qui traverse le firmament !

J'irais visiter cette plage,

Où tu vis dans l'isolement ;

Tu comprendrais que, triste et sombre,

Je viens partager ton malheur,

Et sur ton front mêler mon ombre

A celle qu'épand ta douleur !

Que ne suis-je une vague errante
De l'Océan qui t'a porté !
J'irais, limpide et transparente,
Aux lieux où l'exil t'a jeté ;

Quand, tout entier à tes alarmes,
Sur la rive tu gémirais,
En faisant scintiller mes larmes,
A tes pieds je me briserais !

Hélas ! je ne suis qu'un poëte
Qui confie aux flots écumants
Sa Muse, trop faible interprète,
Pour t'exprimer ses sentiments !

Cette pauvre Muse timide
Porte un tribut à tes douleurs ;
Sur toi de sa paupière humide
Elle laisse tomber des pleurs !

II.

Poëte, rêveur solitaire,
Te voilà donc sous d'autres cieux !
Ton pied ne foule plus la terre,
Où s'endormirent tes aïeux !

Tu ne vois plus les verts ombrages,
Où trembla ton pas enfantin,
Lorsque, sans prévoir les orages,
Tu souriais à ton matin !

Bien loin sont les lieux où, ravie,
Ta mère infiltrait jour par jour
Dans ta bouche rose la vie,
Et dans ton jeune cœur l'amour !

Elle n'est point là la demeure,
Où, radieux et grandissant,

Tu voyais l'heure, chassant l'heure,
S'envoler en te caressant !

Ailleurs brille le ciel limpide,
D'où l'enthousiasme vainqueur
Partit, comme un éclair rapide,
Pour venir embraser ton cœur !

Tu ne vois plus la place aimée
Où, surpris, la première fois,
Tu sentis ton âme enflammée
Devant la femme de ton choix !

Tu ne vois plus l'auguste encein
Où déjà par l'amour unis,
Sous les yeux de la Vierge sainte
Tous les deux vous fûtes bénis.

Loin est la chambre nuptiale,
Où ton épouse t'a livré

Et sa couronne virginale
Et son jeune cœur enivré !

Puisé dans sa noire prunelle,
Ton bonheur ne pouvait finir,
Et l'Espérance sous son aile
Faisait éclore l'avenir !

Loin est l'asile où, dans l'ivresse,
Ton cœur s'élargit étonné,
Pour donner place à la tendresse
Qu'inspire un premier nouveau-né !

Ils ont fui ces lieux pleins de charmes,
Où tu contemplais à loisir
Tes enfants riant jusqu'aux larmes,
Leur mère pleurant de plaisir !

Tu ne peux, la tête baissée,
Visiter le champ du repos,

Où gît sous la pierre glacée
Ton père, honneur de nos drapeaux!

Devant le tombeau de ta mère
Tu ne peux déposer des fleurs,
Et, comme ta douleur amère,
Les vivifier par tes pleurs!

Tu ne peux aller sur la dalle,
Où ta fille dort pour toujours,
Accuser cette heure fatale
Qui lui ravit tant d'heureux jours!

Tu ne vois plus qu'en espérance
Les lieux empreints de ton bonheur,
Ainsi que ceux où la souffrance
A fait saigner ton noble cœur.

III.

Ton passé se couvre d'un voile;
Ton présent s'étend orageux,

Et tu ne vois aucune étoile
Dans ton avenir nuageux !

Te jetant loin de la patrie,
La main cruelle du Malheur
Exile ton âme flétrie
De sa joie et de sa douleur !

Poëte, dresse avec courage
Ton front vers les cieux foudroyants :
Eclatant sur un mont, l'orage
L'éclaire de jets flamboyants !

Les feux ardents de la tempête,
Dont tu marches environné,
Font mieux resplendir sur ta tête
La gloire qui t'a couronné !

Bénis donc le ciel qui te frappe :
La lutte éprouve la valeur....

Plus puissant, ton esprit échappe
A ces étreintes du Malheur!

Le chêne, que la hache émonde,
Part en rameaux plus vigoureux ;
Et ta pensée est plus féconde
Sous les coups d'un sort rigoureux !

Le fer, martelé sur l'enclume,
D'étincelles remplit les airs ;
Et ton cœur mutilé s'allume,
Pour faire jaillir des éclairs !

En vain ta personne est bannie
Par l'arrêt du destin jaloux :
On n'exile point le génie ;
Le tien plane toujours sur nous !

Tel le soleil, âme du monde,
Luit et féconde les sillons ;

Tel, dans son éclat, il inonde
Les esprits de ses vifs rayons !

Il a pénétré ma pensée
Avec ses traits les plus brûlants,
Et sur la strophe cadencée
Mes rêves ont pris leurs élans ;

Voici mes vers ; je te les livre ;
A toi surtout de les juger ;
Poëte, accepte donc ce livre,
Auquel tu n'es pas étranger !

C'est un reflet de ta lumière,
Pressé de remonter à toi,
Comme vers la source première
Qui l'avait projeté sur moi !

C'est lorsque tes chants font merveille
Un faible écho répercuté
De ta voix qui déjà réveille
Celui de la postérité !

A

LAMARTINE

EN LUI ADRESSANT UN EXEMPLAIRE DES *ÉCHOS POÉTIQUES.*

———

Lamartine, je rêve à ces pages fiévreuses
Où, pour ensemencer le sillon que tu creuses,
Ton âme trop remplie épanche ses douleurs,
Et, comme sur un sol fécondé par tes pleurs,
Y fait épanouir les fleurs de ta pensée,
Exhalant leurs parfums à la foule empressée !
Oui, constamment mon cœur retentit à ta voix ;
Je songe à toi toujours, et toujours je te vois
Braver les coups du sort, lutter contre l'Envie,
Te déchirer les mains aux ronces de la vie,

Et pencher sur ton œuvre un front pâle, attristé,

Dont la souffrance accroît encor la majesté;

Et je me dis alors : Quoi! ce divin poëte,

Que le ciel semble avoir pris pour son interprète,

Ce chantre harmonieux dont les accents vainqueurs

Captivaient, pénétraient et remuaient les cœurs;

Cet orateur puissant dont la voix énergique

Régnait sur les esprits par son pouvoir magique,

Celui qui domina toutes les factions,

Debout sur le volcan des révolutions;

Celui dont, tous les jours, les paroles austères

Traduisent du passé les leçons salutaires;

Cet écrivain sublime en sa fécondité;

Ce grand cœur débordant de générosité;

Ce noble citoyen, cet homme de génie

Se tord dans les tourments d'une lente agonie!

Jour et nuit, il s'obstine à des travaux ardus,

Pour pouvoir rembourser ses bienfaits répandus;

Et, lorsqu'il aurait droit aux jours les plus prospères,

Son labeur doit payer le foyer de ses pères !

Ah ! le ciel est cruel d'imposer la douleur
A celui qui toujours secourut le malheur !

Que dis-je ? Le génie, au milieu des alarmes,
Acheta, de tout temps, la gloire avec des larmes !
Le poëte surtout ! c'est dans ses noirs tourments
Que la Muse a puisé ses doux ravissements :
Quand le destin l'accable, il fait, dans son délire,
Vibrer plus puissamment les cordes de sa lyre ;
Et, lorsque de douleurs son cœur est enivré,
Il dresse vers la nue un front plus inspiré !
L'Océan n'aurait pas sa voix majestueuse
Sans les bouillonnements de l'onde impétueuse,
Grossie et soulevée au souffle des autans ;
Pour sillonner la nuit de ses feux éclatants,
L'éther a besoin d'être en proie à la tempête ;
De même, dans la vie, il faut que le poëte
Poursuive son chemin sous un ciel nuageux :
Qu'il se sente battu par les vents orageux,

Et que son âme soit toujours bouleversée,
Pour faire flamboyer l'éclair de sa pensée!

Puisqu'il en est ainsi, ton cœur doit tressaillir,
Heureux de tous les maux qui viennent l'assaillir :
La souffrance est pour toi cette source bénie
Qui, l'abreuvant de pleurs, exalte le génie,
Et fait prendre à son vol un plus rapide essor !
Couve donc tes douleurs comme un riche trésor ;
Savoure-les longtemps dans le fond de ton âme ;
Puis, tandis qu'en toi brûle une divine flamme,
Comme un fleuve gonflé répand partout ses flots,
Laisse de ton cœur plein déborder les sanglots !

Oui, pleure sur tes jours, sur tes fraîches années
Que de sa faux le Temps a trop tôt moissonnées ;
Pleure sur le vain bruit de tes divins concerts,
Sur tes lares pieux, restés presque déserts ;
Pleure, pleure sur ceux que la nuit éternelle
Ravit à ton amour, les couvrant de son aile ;

Pleure sur cette vierge, aimable et jeune enfant,

Que tu voyais grandir, d'un regard triomphant,

Et qui, semblable en tout à la colombe blanche,

A posé sur ton cœur, comme sur une branche,

Pour revoler bien vite au céleste séjour,

D'où le Seigneur vers toi l'envoya pour un jour !

Pleure de ce que Dieu n'a pas voulu permettre

Qu'il te naquît un fils, afin de lui transmettre

La gloire de ton nom, tes nobles sentiments !

Pleure sur nous aussi, sur nos égarements.....

Apôtre généreux de toute grande idée,

Tu pensais voir, un jour, par toi-même guidée,

Notre France marcher sur un nouveau chemin ;

Mais elle s'est bientôt dérobée à ta main :

L'œuvre de ton cerveau, ce sublime édifice,

Pour lequel tu donnais ta vie en sacrifice,

S'écroula bruyamment devant tes yeux surpris

Et te couvrit le front de ses tristes débris !

De découragement ton âme fut frappée ;
Et Caton t'apparut sur un tronçon d'épée !
Mais, comme tu l'as dit, Caton était païen :
Il pouvait invoquer ce suprême moyen
Pour éviter la honte et fuir la tyrannie
Que César apportait, armé de son génie ;
Tandis que toi, chrétien, tu compris que mourir
C'était fuir lâchement : tu préféras souffrir !

Tu souffris, non blessé par cet orgueil avide
Qui, croyant tout saisir, n'embrasse que le vide ;
Mais attristé de voir que ta main ne pouvait
Nous guider jusqu'au but que ton grand cœur rêvait.
Du sommet où ta voix apaisait la colère
Et les rugissements du lion populaire,
Tu tombas sans regret pour ton ambition ;
Et cette chute fut ton élévation !

Depuis, loin du chemin où la foule se rue,
Nouveau Cincinnatus, tu repris la charrue,

Pour labourer les champs de l'immortalité,

Où ta main a déjà largement récolté !

Répands donc sur ce sol ta sueur fécondante ;

Brave des envieux la clameur discordante ;

Quand leur champ ne produit que ronces et buissons,

Montre-leur en riant tes brillantes moissons !

Esclave du labeur, noble ouvrier, courage !

Ta récolte n'a pas à redouter l'orage :

Ses beaux fruits vont encor mûrir dans l'avenir !

A tous ceux qu'on renomme on doit les réunir,

Pour augmenter l'éclat et la magnificence

Du banquet où viendra s'asseoir l'Intelligence !

Tu vas te demander quelle est donc cette voix

Que mon oreille entend pour la première fois,

Et qui se fait l'écho de mon âme inquiète ?

Je ne te dirai pas : C'est la voix d'un poëte ;

Mais je te répondrai : C'est celle d'un ami !

Dès mes plus tendres ans, tout mon être a frémi

Aux célestes accords de ta harpe sacrée,

Qui semblait retentir du haut de l'empyrée.

Dès lors, je te dressai dans mon cœur un autel,

Où je rendais un culte à ton nom immortel.

M'abreuvant, chaque jour, de ta douce harmonie,

A force d'approcher du feu de ton génie,

Je me sentis brûler d'un vif embrasement;

Pour la gloire mon cœur battit violemment;

Sans voir que, dans mon vol, je creusais un abîme,

J'ai voulu, faible oiseau, te suivre, aigle sublime !

Montre de l'indulgence à ma témérité;

Excuse mon esprit par le tien exalté,

Et laisse-moi venir sur ta route choisie

Cueillir derrière toi des fleurs de poésie,

Ainsi que, sur les pas d'un ardent moissonneur,

S'avance lentement un timide glaneur !

A

VIENNET

EN RÉPONSE A SA LETTRE SUR LES *ÉCHOS POÉTIQUES*

————————

Le poëte, engagé sur un sentier scabreux,

Pour marcher en chantant n'en est pas plus heureux.

Morose, aux premiers pas de son pèlerinage,

Il voit fuir loin de lui la gaîté du jeune âge,

Qui, lorsqu'elle espérait ne cueillir que des fleurs,

Trouva, dès le matin, l'épine et les douleurs !

Aussi fait-il, alors, ne sachant que maudire,

Grincer entre ses dents la fiévreuse satire.

. . . .

De même, néanmoins, qu'après avoir marché

De longs jours à travers le désert desséché,

Voyant verdir de loin l'oasis embaumée,

L'humble voyageur sent sa force ranimée,

Et trouve, sans songer à son pas chancelant,

La terre moins aride et le ciel moins brûlant;

De même, quelquefois, le chemin de la vie

Prend un plus doux aspect pour notre âme ravie,

Lorsque nous rencontrons des mortels généreux

Dont le bonheur consiste à faire des heureux!

Oh! le poëte, alors, facilement oublie

Que sous la liqueur pure on retrouve la lie;

Que, pour un arbre vert au dôme hospitalier,

Il en est cent rongés par les vers du hallier,

Et qui, loin de verser la fraîcheur au passage,

Attristent à nos yeux le riant paysage!

Fatigué de changer en sarcasme moqueur

De nobles sentiments qui remplissaient son cœur,

Voyant encor l'espoir dans une main bénie,

Il fait couler sa joie en torrents d'harmonie!

Pour lui l'homme qui vient sourire à ses travaux,

C'est une autre existence avec des jours nouveaux;

C'est un monde meilleur, où sa jeune pensée
Voit rayonner sa joie un instant éclipsée ;
C'est un astre, une étoile au doux scintillement
Qui donne de l'éclat au sombre firmament.

Merci, Viennet, merci, noble athlète émérite,
Qui veut bien applaudir à mon faible mérite !
La Gloire, que ta voix a promis à mes vers,
Entretient sur ton front des lauriers toujours verts,
Comme l'est ton esprit, qui, par son vif langage,
Des ans, si lourds pour tous, prestement se dégage
Et nous donne à penser que sur tes jours le Temps
Se plaît à faire luire un éternel printemps !
Hier encore, au sein d'une docte assemblée,
Ta verve, de fraîcheur toujours renouvelée,
Et d'un pur atticisme assujettie aux lois,
Décochait vaillamment, avec son air gaulois,
Des traits qui paraissaient empruntés à l'abeille
Dont le prompt aiguillon, quand son courroux s'éveille,

Vous pique, humide encor du suc pris sur des fleurs !

Aussi, l'œil ébloui de tes riches couleurs,

Et regardant parmi nos gloires littéraires

D'autres fiers vétérans, dignes d'être tes frères,

Nous nous répétions tous, d'un accent envieux,

Que la jeunesse avait émigré chez les vieux !

LES

ÉCHOS POÉTIQUES.

———— ❦ ————

I.

LA POÉSIE.

Interprètes de la nature,
Qui, pour célébrer son auteur,
En traduisez chaque murmure
Par votre souffle inspirateur,
Vous, dont les vers patriotiques,
Au sein des foyers domestiques,
Allument des cœurs indomptés,
Bardes, qu'un feu céleste enflamme,

Sublimes scrutateurs de l'âme,

Prenez vos lyres et chantez!

Vous, surtout, qui dans vos ténèbres,

Vous éclairez d'illusions,

Bien que de ses ailes funèbres

Le temps en chasse les rayons,

Poètes, la lice est ouverte,

Une palme vous est offerte

Pour lutter dans l'obscurité :

Si vous remportez la victoire,

Sur vos fronts l'astre de la Gloire

Fera resplendir sa clarté !

Par l'inspiration hardie,

Allez, montez, planez aux cieux,

Et qu'une douce mélodie

Passe en vos chants audacieux !

En vain le Doute qui l'emporte

Nous dit : « La Poésie est morte ! »

En vain l'Oubli veut la couvrir :

Sa vive lumière éclipsée

Est le soleil de la pensée :

Le soleil ne doit point mourir !

Il peut, quand l'orage murmure,

Se dérober quelques instants

Derrière une montagne obscure

Formée au souffle des autans ;

Mais, tout-à-coup, il se dégage

Des étreintes de ce nuage

Dont il était à la merci ;

Et, triomphant dans sa carrière,

Il change en torrent de lumière

L'ombre qui l'avait obscurci !

Tant qu'au sein des vertes prairies

Les blanches fleurs s'étoileront,

Nous aurons tous nos rêveries

Où nos chants s'épanouiront.

Tant que le papillon volage

Ira de bocage en bocage

Étaler ses mille couleurs,

En voltigeant, la Poésie

Balancera sa fantaisie

Sur les branches et sur les fleurs !

Frappant à la voûte éternelle,

Elle aura le front radieux,

Aussi long-temps que de son aile,

L'aigle flagellera les cieux !

Tant qu'aux flancs palpitants du monde

L'Océan, en gonflant son onde,

Portera son choc turbulent,

Sublime, elle ceindra sa tête

Des vifs reflets de la tempête

Lancés par son regard brûlant !

Tant que la Vieillesse pensive

Soupirera vers le passé,

Trouvant que, dans sa course active,

Le Temps pour elle est trop pressé ;

Tant que l'Enfance à cette vie

Offrira son âme ravie,

En touchant aux premiers degrés ;

Elle aura, contre la souffrance,

Un sourire pour l'espérance

Et des larmes pour les regrets !

Comme toujours le Crime outrage

La faible et modeste Vertu,

Pour faire piétiner sa rage

Jusque sur son front abattu,

Toujours la Poésie ardente

Doit trouver une voix stridente

Contre les lâches oppresseurs,

Et, sur sa tête hérissée,

Faire, d'une main courroucée,

Siffler mille serpents vengeurs !

1.

Tant qu'à son sein la jeune mère

Verra l'existence fleurir,

Et sourira joyeuse et fière

D'avoir engendré l'avenir ;

Tant que dans son regard candide

La vierge charmante et timide

Reflètera l'éclat du jour;

Elle aura, vive d'allégresse,

Le doux soupir de la tendresse

Et l'accent fougueux de l'amour !

Partout où le sombre délire

S'agite avec les passions,

Elle fait vibrer sur la lyre

Le cri de leurs convulsions ;

Afin d'en être l'interprète,

Pâle, échevelée, elle prête

Sa voix aux tragiques douleurs ;

Et de tout vice qui domine

Elle travaille à la ruine

Avec son rire, avec ses pleurs !

Dans un refrain à la Misère

Elle accourt offrir le bonheur,

Et célèbre, vive et légère,

L'amour, la patrie et l'honneur !

Au peuple, quand la Tyrannie

Voudrait étouffer son génie,

Elle enseigne la dignité ;

Et, lorsque sous les fers il tombe,

A ses chants, au bord de la tombe,

Il renaît pour la Liberté !

Le front haut bronzé par la poudre,

Ce vif élément des combats,

Au milieu du bruit de la foudre

Elle précipite ses pas !

Dans nos camps elle a pris naissance ;

Et qu'une jalouse puissance

A notre honneur ose insulter,

La France, qu'on ne peut abattre,

Aura des héros pour combattre

Et des bardes pour les chanter !

Conteuse et moraliste habile,

Aux récits gais et captivants,

Auprès de l'aïeule débile

Elle rit avec les enfants !

Lorsque, dans son âme avilie,

L'homme n'a plus que la folie

Qui lui distille son poison,

Aimable et sage conseillère,

Par les bêtes, par la matière,

Elle fait parler la raison !

Infatigable moissonneuse,

Si la Mort fauche près de nous,

Si quelque perte douloureuse

Brise nos liens les plus doux,

Blanche, de cyprès couronnée,

Elle vient, la tête inclinée,

Sur la tombe effeuiller des fleurs,

Et, consolante enchanteresse,

Elle fait sur notre tristesse

Rayonner son visage en pleurs !

Quand le Doute étend son domaine,

Aux dépens des divines lois,

Lorsque dans la pensée humaine

Le Christ meurt encore une fois,

Des croyances sur la terre,

Elle est le dépositaire

Qui brave les regards moqueurs ;

Et, sous sa brillante auréole,

Elle tâche par sa parole,

D'allumer la foi dans les cœurs !

La Poésie est éternelle ;

Son règne ne peut pas finir,

Elle plane et toujours son aile

Fend l'espace vers l'avenir !

A l'heure où l'astre de ce monde

A jamais dans la nuit profonde

Plongera son front radieux,

Passant dans le dernier murmure

Que doit exhaler la nature,

Elle ira chanter dans les cieux !

II.

LE PRINTEMPS.

Tout semble renaître en ce jour !
Aux bois, sur les monts, dans la plaine
Le Printemps, par sa douce haleine,
Apporte la vie et l'amour !

La feuille, de sève animée,
Fait éclater le bourgeon vert ;
Et de son bouton entr'ouvert
La fleur s'échappe parfumée !

Le papillon sort tout paré
De son enveloppe de soie.
Et sur chaque fleur, avec joie,
Il vole et se pose enivré !

Le zéphyr qui, tendre et timide,

A secoué son long sommeil,

S'enfuit du sein frais et vermeil

D'une rose de pleurs humide.

L'oiseau, si prompt à s'enflammer,

Poursuit sa femelle hésitante,

Et sous son aile palpitante

Il la presse et la fait pâmer !

Dans les champs le taureau s'empresse

Près de la génisse aux pieds blancs ;

Fougueux, il agite ses flancs,

Mugit et bondit de tendresse.

Divin Printemps, quand tu souris,

Le ciel à l'amour nous invite ;

La vierge sent battre plus vite

Son cœur inquiet et surpris !

La vie, ainsi que la nature,

Voit luire un printemps savoureux

Qui nous donne des jours heureux

Et pas plus que l'autre ne dure !

Alors, sous sa douce chaleur,

Au fond de notre âme oppressée,

Dans tout son éclat, la pensée

S'épanouit comme une fleur !

Et le cœur, en son ignorance,

Toujours si facile à charmer,

Éprouve un doux besoin d'aimer

Aussi vague que l'espérance.

Poète j'ai déjà fait choix

D'une jeune et belle maîtresse :

C'est la Muse, dont la tendresse

M'impose d'agréables lois !

Blonde, la paupière baissée,
Le front radieux et charmant,
Elle cède timidement
A mon ardeur trop empressée !

Comme j'ai connu les douleurs,
A l'âge où chacun les ignore,
Je la vois, telle que l'Aurore,
Me sourire à travers les pleurs !

Muse, à la fois triste et joyeuse,
O ma compagne, ô mes amours,
En secret parle-moi toujours
Avec ta voix harmonieuse !

Viens errer d'un pas incertain
A travers les vertes prairies,
Pour voir sur les tiges fleuries
Briller les perles du matin !

Dans les bois, tous deux, en silence,
Nous écouterons les zéphyrs,
Et nous surprendrons les soupirs
De l'oiseau que son nid balance !

Ainsi qu'une nymphe des eaux
Qui folâtre sur le rivage,
Tu regarderas ton visage
Dans le cristal des clairs ruisseaux !

Quand du jour s'éteindra la flamme,
Aux champs nous irons nous asseoir,
Pour recueillir les pleurs du soir
Et les renfermer dans ton âme !

De tout mortel sèche les yeux,
Lorsqu'il traverse la tourmente ;
Et de tout cœur qui se lamente
Deviens l'écho mélodieux !

En marchant avec assurance
Dans la joie et dans la douleur,
Donne tes larmes au malheur,
Et ton sourire à l'espérance!

Avant l'hiver et les autans,
Muse, ô mon amante choisie,
Fais sur l'arbre de poésie
Verdir les feuilles du Printemps!

III.

LE CRI DU PAUVRE.

Pourquoi donc, ô mon Dieu, dans ce monde où nous sommes,

Tes dons ne sont-ils point égaux pour tous les hommes?

En face de l'heureux, souvent je t'ai maudit ;

Souvent, sur mon chemin, immobile, interdit,

Dans son rire et mes pleurs j'ai cherché ta justice !

Lorsque, triste, j'épie en la foule un regard

Qui, lisant dans mon âme, à mes maux compatisse,

Heureux, il se sourit, me heurtant sans égard ;

Et, quand pour moi la faim devient une agonie,

Quand le pain qui me manque excite mes désirs,

Lui, sans compter son or, riche avec ironie,

     Il le jette aux plaisirs !

C'est là, mon Dieu, c'est là cet aspect qui torture

Et dessèche le cœur de celui qui l'endure !

Il ne croit plus à rien... Alors il te maudit,

Et pâle, en s'agitant sous sa chaîne, il se dit :

« Pourquoi vivre? Ce Dieu dont la main créatrice

» Remuant le chaos enfanta l'univers,

» Sans doute, en nous formant, dans un affreux caprice,

» Donne aux uns la fortune, aux autres les revers !

» C'est ainsi qu'il a fait pour ce riche qui passe :

« Va, mon fils, sois heureux, lui dit-il en riant ;

» La terre à tes désirs ouvre tout son espace ;

» Au ciel je t'ai choisi l'astre le plus brillant !

» Cette étoile partout te suivra rayonnante ;

» Mais, sortant de mes mains, d'abord tu la suivras,

» Et quand tu l'auras vue en un lieu permanente,

» Alors, comme elle aussi, toi, tu t'arrêteras.

» Là, regarde à tes pieds : une mine est ouverte ;

» Plonge, plonge tes bras, pour y puiser encor,

» Car, durant cette vie à ton regard offerte,

» Amour, bonheur, famille, on a tout pour de l'or !

» Maintenant, le front haut, va, poursuis ta carrière ;

» Sur les jours qui seront par tes pas effacés

» Ne détourne jamais ton regard en arrière :

» Par de plus beaux encore ils seront remplacés !

» Effeuille en souriant les roses de la vie ;

» C'est pour toi seulement que j'ai fait le bonheur !

» Le pauvre, en me voyant dans l'éclat qu'il t'envie,

» Me ravira mon nom, pour t'appeler Seigneur !

» Pour toi, toujours oisif, la sueur fécondante

» Fera germer l'épi qu'un ciel pur jaunira ;

» Pour te verser son jus dans la coupe abondante,

» Au cep qui la suspend la grappe mûrira !

» Pour toi tous les plaisirs, tous les biens de la terre,

» Depuis les moindres fleurs qui ne vivent qu'un jour,

» Jusqu'à la jeune fille à la pudeur austère,

» Qui viendra te donner sa vie et son amour !

» La table où tu t'asseois toujours sera servie

» De mets souvent nouveaux qui la feront plier,

» Et convive joyeux, en savourant la vie,

» A force de bonheur tu pourras m'oublier ! »

« Et moi, moi, Dieu cruel, en un jour de colère,

» Sans doute, tu m'auras rejeté de tes mains :

» Imparfait à mes yeux, indigne de me plaire,

» Loin de moi, m'as-tu dit, vil rebut des humains !

» Ton étoile, en tout lieu, sera pâle et mourante ;

» Sans cesse à tes côtés marchera le Malheur

» Qui, morsurant ton sein de sa dent dévorante,

» En fera jaillir la douleur !

» Et sous ces vils lambeaux que revêt l'Indigence,

» Tu sentiras ton cœur palpiter et s'ouvrir

» A non moins de désirs qu'au sein de l'opulence,

      » Pour que tu puisses mieux souffrir !

» Tu glaneras la vie après la moisson faite,

» Cherchant où l'œil du maître aura déjà passé,

» Et cueillant dans la vigne un raisin que, distraite,

      » La vendangeuse aura laissé !

» L'Indigence à ton front marque l'ignominie,

» Au sortir d'un festin, souriant de mépris,

» Le riche en te heurtant, parfois, par ironie,

      » Te jettera quelques débris !

» Ainsi traînant partout l'opprobre et la misère,

» Tu croiras voir la Mort s'approcher tous les jours ;

» Mais l'existence en toi sera comme un ulcère

      » Que je raviverai toujours !

» Après avoir reçu dans ton âme attristée

» Mille affronts rebutants que tu dévoreras,

» Si, le soir, dans ta main une aumône est jetée,

      » Alors tu me remercîras.

» Car je veux que le pauvre, en disant sa souffrance,

» Ait dans tous ses discours mon nom pour le bénir ;

» Et c'est par ses douleurs que j'aurai l'assurance

      » Qu'il gardera mon souvenir ! »

« Eh bien ! non, Dieu cruel ! moi, je veux te maudire !

» Et ce nom que ton glaive a fixé dans mon cœur,

» Je l'en arracherai ! Je veux qu'on puisse dire

» Qu'écrasé sous ton bras un homme en fut vainqueur !

» Dieu barbare, tu ris de ma voix faible et grêle !

» Sous le poids de ta main qui m'attache à mon sort,

» Plié comme un roseau, je ne puis rien contre elle !

» Non !.. Mais, quand je voudrai, j'appellerai la Mort !

» Oui, la mort !! Ainsi donc, sur les bords de ma tombe,

» Où mes maux, malgré toi, vont bientôt s'assoupir,

» Hâte-toi d'aspirer, au moment où j'y tombe,

» Le parfum de douleur de mon dernier soupir! »

. . . .

. . . .

Il dit, et, comme on voit, sur la mer ombrageuse,

Chaque flot remuer sa crinière orageuse,

Soudain sa chevelure, en voilant son regard,

S'agite et laisse voir parfois un œil hagard ;

Et pâle et convulsif, dans un affreux silence,

Sur l'instrument fatal, avec rage il s'élance !

Il le tient... Et déjà, sur ses lèvres qu'il mord,

On croirait voir lutter la vie avec la mort...

Une pensée est là qui semble le poursuivre...

Il tremble..... Le fer tombe : il veut encore vivre ! !

C'est toi, mon Dieu, c'est toi qui, loin de le punir,

Voulus encor forcer sa voix à te bénir,

Et, d'un regard d'amour jeté sur sa souffrance,

Fis darder dans son cœur un rayon d'espérance !

AUX PAUVRES.

O vous tous qui souffrez, bénissez le Seigneur!

Il est vrai que pour vous la vie a peu de charmes;

Mais aussi c'est dans vos larmes

Qu'il a mis votre bonheur!

Aux cantiques pompeux emplissant sa demeure,

A l'offrande du riche, au parfum de l'encens,

Dieu préfère les accents

Du pauvre orphelin qui pleure !

Cette eau qui coule de vos yeux

Doit vous être, un jour, salutaire :

Une larme sur cette terre

C'est un sourire dans les cieux !

IV.

ENFANCE ET RÊVERIE.

Folâtrez, folâtrez, enfants insoucieux,
Petits êtres charmants, aux grâces ingénues ;
Laissez vos blonds anneaux, d'un vol capricieux,
S'effranger en tombant sur vos épaules nues.

Courez, enfants, courez ; la brise, en palpitant,
Vous poursuit et se joue à vos rubans de soie ;
Courez, chantez, dansez, que la ronde, en sautant,
  Rie et fasse éclater sa joie !

Voyez, ici, partout, un beau ciel calme et pur
Fait épanouir l'âme et reverdir l'ombrage !
Peu vous importe, à vous, qu'il soit sombre ou d'azur :
Le vôtre est toujours d'or et n'a jamais d'orage !

3

Vos larmes?... car la fleur a besoin pour s'ouvrir,

Que les pleurs du matin avant l'aient arrosée ;

Et nos larmes d'enfant c'est l'eau qui fait fleurir

    Au fond de l'âme la pensée !

Vos larmes durent peu : prompte à les retenir,

Déjà l'Illusion, pour vous moins éphémère,

Vient à vous, non jetant des fleurs vers l'avenir,

Mais en vous souriant aux lèvres d'une mère.

Pourquoi, mon Dieu, pourquoi nous donner un beau jour,

Pour qu'aussitôt dans l'ombre il s'obscurcisse et tombe,

A la mère, à l'enfant, tant d'espoir et d'amour,

    Pour l'effeuiller sur une tombe !

Mais pourquoi, dans leurs jeux pleins de sérénité,

Pourquoi si jeune encore, ô toi, ma rêverie,

Comme l'oiseau, l'automne, à tous vents emporté,

Voler du rameau vert à la branche flétrie ?

Courez, enfants, courez ; la brise, en palpitant,

Vous poursuit et se joue à vos rubans de soie ;

Courez, chantez, dansez, que la ronde en sautant

    Rie et fasse éclater sa joie !

V.

LE PASSEREAU.

C'était en juin, alors que la guerre civile
Déployait son drapeau sanglant:
Tout un peuple en fureur se ruait dans la ville,
L'arme au poing, l'œil étincelant!

Sa profonde clameur incessamment accrue
Éveillait l'écho des faubourgs,
La vive fusillade éclatait dans la rue
Aux sourds roulements des tambours!

Au tocsin bondissant de la tour ébranlée
La canonnade répondait;
Et dans ce bruit confus d'une ardente mêlée
Tout autre bruit se confondait;

Tandis qu'ainsi le bronze et la voix populaire

Retentissaient à l'unisson,

Un oiseau, sur les bords du fleuve séculaire,

Jetait dans les airs sa chanson !

Il sautait, gazouillait ; et son chant semblait dire :

« Mortels, où portez-vous vos pas ?

» La raison qui vous luit devrait vous interdire

» La haine et ses cruels combats !

» Nous autres passereaux, mieux que la race humaine,

» Nous savons toujours vivre en paix ;

» Nous ne nous disputons ni l'air, notre domaine,

» Ni l'ombre du feuillage épais !

» Pour nos chères amours dans les murs, sur la pierre,

» Nous tapissons de doux abris ;

» Nous y dormons heureux : jamais, chez nous, la guerre

» Ne les fait voler en débris !

3.

» Étranger aux débats, notre gosier sonore

      » N'a point des accents querelleurs :

» Il ne sait, au réveil, que saluer l'aurore

      » Et le printemps paré de fleurs !

» Notre bec n'est jamais aiguisé par l'envie ;

      » Jamais il n'est ensanglanté ;

» Mais, brisant la coquille, il fait naître à la vie

      » Notre jeune postérité !

» Sans connaître l'orgueil et les douleurs amères

      » Qui de près le suivent toujours,

» Nous ne nous berçons point dans de folles chimères :

      » Nous ne rêvons que les beaux jours !

» Sur le sol nous allons chercher notre pâture ;

      » Nul aux autres ne vient l'ôter ;

» Dieu pour tous a grossi les dons de la nature ;

      » Tous ont droit de les récolter !

» Si quelque tendre mère, à son nid enlevée,

      » Dans le lointain vient à périr,

» Un de nous, aussitôt, adopte sa couvée,

      » Et se charge de la nourrir !

» Notre vol, sous les cieux azurés et limpides,

      » Ne peut jamais être arrêté,

» Dans l'espace infini, sur nos ailes rapides,

      » Nous portons notre liberté !

» O mortels, sans penser que Dieu va vous maudire,

      » Où précipitez-vous vos pas?

» La raison qui vous luit devrait vous interdire

      » La haine et ses cruels combats !!... »

Ainsi chantait l'oiseau, puis déployant son aile,

      Vers son doux nid il s'envola,

Et sur ses chers petits sa plume maternelle,

      Pour les réchauffer, se gonfla.

Mais, tout-à-coup, le plomb, les boulets, la mitraille,

Venant frapper de ce côté,

Firent, avec fracas, éclater la muraille

Où l'oiseau s'était abrité !

Pauvre oiseau, c'en est fait : désormais ton ramage

Va manquer aux divins concerts !

Tu tombes expirant, et ton léger plumage

Vole dispersé dans les airs !

O mon Dieu, faut-il donc qu'en son effervescence

L'homme ainsi devienne un bourreau !

Qu'il n'épargne plus rien, pas même l'innocence

De l'humble et tendre passereau !

VI.

Quelle est derrière nous cette route perdue
Sous l'horizon brumeux de la vaste étendue,
  Où l'on n'entend aucune voix?
Après que tant de pas en ont battu la terre,
Quel est ce long chemin stérile et solitaire
  Où l'on ne passe qu'une fois?

C'est là qu'impétueuse au souffle de l'idée
L'Humanité, toujours par l'erreur obsédée,
  Soutint un duel incessant!
C'est là qu'elle a tracé sa douloureuse histoire,
Inscrivant la défaite, ainsi que la victoire,
  Avec des larmes et du sang!

Là, pleine de dégoûts, la Vertu, sans défense,
Plia plus d'une fois sa tête sous l'offense
  Et son âme sous les forfaits!

Là, poursuivi, traqué, l'indomptable génie,

Dans les déchirements d'une lente agonie,

    Expia souvent ses bienfaits !

C'est Socrate, vidant la coupe empoisonnée

Pour avoir combattu la croyance obstinée

    Qui faisait un Dieu d'un voleur !

C'est le Christ qui, cloué sur la croix infamante,

Voulut du genre humain éloigner la tourmente,

    Et divinisa la douleur !

C'est Galilée aux fers, et souffrant la torture

Pour avoir défendu les lois de la nature

    Avec l'arme de la raison !

C'est Christophe Colomb, ce fier coureur de l'onde,

A qui l'on vit donner, en échange d'un monde,

    L'ombre d'une étroite prison !

Ces grands dominateurs, qui respiraient la guerre,

Pour dépecer entre eux les peuples de la terre,

Ont tous passé sur ce chemin !

Et partout où leurs pieds ont enfoncé le sable,

L'œil peut encore voir le trait ineffaçable

Qu'a laissé leur fer inhumain !

Alexandre y parut semant partout la crainte !

Du Nord à l'Orient on peut suivre l'empreinte

Du sabot de son fier coursier !

A travers la poussière et les champs de carnage

César y vint tracer, à son tour, son passage,

Lançant l'éclair de son acier !

Charlemagne y poussa sa course aventureuse :

On voit où s'imprima sa sandale poudreuse

Qui foulait des fronts prosternés !

Plus tard, Napoléon, rayonnant de prestige,

En les faisant sonner, y laissa le vestige

De ses talons éperonnés !

Les tyrans, dévoués aux haines éternelles,

Y projettent encor leurs ombres criminelles,

Sinistres comme le remord !

Suivez-les du regard : c'est Néron, c'est Tibère,

C'est Louis onze, auteur du trépas de son père,

Tous trois pourvoyeurs de la Mort ! !

Sur ce chemin désert où règne le silence,

Que de peuples, cherchant la gloire et l'opulence,

Ont mêlé le bruit de leurs pas !

Que de cités, alors par le temps affermies,

Ont croulé sur le sol, et se sont endormies

Dans les ténèbres du trépas !

L'humanité qui vit et progresse sans cesse

Y jette, pour pouvoir apprendre la sagesse,

Un regard interrogateur !

De même tout mortel aime à voir, en arrière,

Ce qu'il a parcouru de l'ardente carrière,

Soit vaincu, soit triomphateur !

Si nous devons toujours poursuivre l'existence,

Sans que, pour mesurer de nouveau la distance,

Nos pieds puissent y revenir,

Sous ce pâle horizon notre âme suspendue

Parcourt, du moins, encor toute son étendue

Sur les ailes du souvenir !

Le jeune homme, qui voit que la vie est amère,

Y retrouve l'endroit où, dans l'œil de sa mère,

Rayonnaient ses premiers beaux jours !

Le vieillard, grelottant sous l'hiver des années,

S'y réchauffe au soleil des riantes journées

Du doux printemps et des amours !

Celui que de ses dons le présent favorise,

Pensant aux mauvais jours, savoure avec surprise

Un parfum né de ses douleurs !

Le malheureux, brisé par le poids des souffrances,

Se plaît à voir encor ses fausses espérances

Lui sourire à travers des pleurs !

Dans ta nuit, ô chemin ouvert à l'âme errante,

Pour moi qui fus séduit par la gloire enivrante

Plus d'un rêve s'est éclipsé !

N'importe ! méditant sur les biens éphémères,

J'aime à revoir ton sol jonché de mes chimères,

O sombre route du PASSÉ !

———

VII.

De sueur et de sang couverte,

Voici la grande arène ouverte,

Où chacun de nous doit lutter!

A nos yeux le Malheur s'y dresse,

Et ni la force, ni l'adresse

N'échappe aux coups qu'il veut porter!

C'est là qu'implacable adversaire,

Dans ses bras osseux, la Misère

Etreint celui qu'elle a surpris!

En vain il se débat contre elle :

Il sent les mains de la cruelle

Broyer ses membres amaigris!

De son côté, l'heureux du monde,

Sondant l'inanité profonde

Des biens qui font tant d'envieux,

Voit, devant lui, blême et livide,

L'Ennui qui fouille son cœur vide

Et courbe son front orgueilleux !

Ceux que l'ambition entraîne

Courent à travers cette arène,

Percés d'un aiguillon vainqueur,

Comme ces coursiers blancs d'écume,

Dont l'ardeur toujours se rallume

Sous le fouet cinglant du piqueur !

C'est là qu'indomptables furies,

Les Passions, sans cesse aigries,

Poussent les mortels éperdus

Qui, de l'erreur toujours la proie,

Poursuivent l'ombre de la joie,

L'œil avide et les bras tendus !

C'est là que nous dorons le rêve

Qui vers les cieux lointains s'élève

Et fait palpiter notre cœur !

C'est aussi là que l'Espérance

Abat son vol sur la souffrance,

Et nous lance un rire moqueur !

Cette lutte, ardente, acharnée,

Où, plié sous sa destinée,

L'homme cherche un bonheur absent,

C'est dans l'éternelle durée,

Cette heure, vite mesurée,

Que nous appelons le PRÉSENT !

———————

VIII.

Que peux-tu nous cacher, ô voile impénétrable,

Qui t'étends devant nous, sombre, incommensurable,

Comme la nuit obscure envahissant les cieux?

En vain, dans ses douleurs, le mortel solitaire,

En vain, dans leurs combats, les peuples de la terre

Tournent vers toi les yeux!

Le nautonnier qui vole affronter les naufrages,

Sait lire au firmament le calme ou les orages,

Et d'un œil exercé mesurer son chemin;

Mais celui qui parcourt l'océan de la vie

Ne peut dire quels flots, sur sa route suivie,

Le porteront demain!

Cependant l'Espérance, agile et vagabonde,

S'élance vers ce voile, et de sa nuit profonde

Perce, en la traversant, l'épaisse obscurité,

Puis, sous cet horizon, son aile palpitante

Découvre à nos regards, comme une île flottante,

    Un pays enchanté !

C'est là que se répand le parfum des chimères

Qui, livrant aux zéphyrs leurs feuilles éphémères,

Ont toujours des boutons empressés de fleurir !

C'est là que, suspendue au vol de la pensée,

L'âme, que le présent a souvent abusée,

    Au bonheur va s'ouvrir !

Le malheureux y voit changer sa destinée :

L'Abondance vers lui mollement inclinée

Vide la corne d'or qu'elle tient en sa main !

Il admire l'éclat de la vigne empourprée

Et les épis nombreux de la moisson dorée

    Qui mûrit pour sa faim !

La vierge, que l'amour fait rêver en silence,

Y voit son fiancé qui vers elle s'élance

Tel que son jeune cœur l'a créé pour ses yeux ;

Et, déjà, souriant à son époux fidèle,

Elle entend lutiner et courir autour d'elle

       Des enfants radieux !

L'humanité, qui marche incessamment poussée

Vers le but qu'éclaira le feu de sa pensée,

Sous un autre soleil croit rajeunir encor !

Amante du Progrès, dont l'ardeur la féconde,

Elle sent que ses flancs sont prêts à mettre au monde

       De nouveaux siècles d'or !

La belle Liberté, jusqu'ici fugitive,

Loin de cacher son front sous son aile craintive,

Le montre rayonnant sous des cieux constellés ;

Et, dans tout son éclat, triomphante et ravie,

Elle offre sa mamelle, où bouillonne la vie,

    Aux peuples rassemblés !

O Muse, mes amours, ma compagne fidèle,

C'est là qu'il faut aussi voler à tire d'aile,

Laissant derrière toi tout cruel souvenir !

L'illusion trompeuse est toujours attrayante...

Va donc, pour t'y bercer heureuse et souriante,

    Rêver dans l'AVENIR.

IX.

Je suis vive et légère,

Je fends l'air de mon vol ;

Sans courber la fougère,

Mon pied rase le sol ;

Je règne dans l'espace :

Je fuis, je viens, je passe

Au gré de mes désirs ;

Et la rose empourprée,

Par mon aile effleurée,

Parfume mes soupirs !

Sous un ciel sans nuage

Je joue et me complais ;

J'évite de l'orage

Les tourbillons épais.

J'aime la nuit sereine,

Dont le manteau de reine

A mille étoiles d'or !

Quand vient l'aube enflammée,

Dans la plaine embaumée

On me retrouve encor !

Toujours leste, éveillée,

Et le corps transparent,

A travers la feuillée

Je passe en murmurant ;

Mon pied glisse rapide

Sur le ruisseau limpide

Sans ternir son miroir ;

Et je goûte des charmes

A m'abreuver des larmes

Du matin et du soir !

Mon haleine amoureuse

Du ciel calme l'ardeur ;

Au front de la glaneuse

Je sèche la sueur ;

Indiscrète et folâtre,

Je montre un sein d'albâtre

Sous son fichu flottant.

Je caresse la joue

Du jeune enfant qui joue

Et lutine en sautant !

Celui dont la vieillesse

Rend les pas si pesants,

A mon souffle se dresse,

Malgré le poids des ans.

Pour égayer sa route,

Le voyageur m'écoute

Frôler dans les taillis,

Et dans l'air qui me porte

A l'exilé j'apporte

Un parfum du pays !

Quand le soir, sous l'ombrage,

Réunit deux amants,

Mes ailes, au passage,

Recueillent leurs serments ;

Entre leurs mains tremblantes

Et leurs lèvres brûlantes

Je viens papillonner ;

Et, durant leur ivresse,

Je prends chaque caresse

Qu'ils croyaient se donner !

Qui donc es-tu ? Demande

Le lecteur indiscret.

A sa voix qui commande

Je réponds à regret :

Amante du zéphire,

Pour lequel je soupire,

Dans les bois, dans les prés,

Je ne suis que la BRISE

Qu'un barde poétise,

En ses rêves dorés !

X.

Mon séjour est creusé dans les flancs d'une roche;

Le voyageur perdu, dont le pied s'en approche,

M'entend, dans mon repos, y gronder sourdement;

Mais quand, impatient du frein que je dévore,

Je suis prêt à sortir de mon antre sonore,

      Je pousse un long mugissement!

Je hurle, et je m'élance au milieu de l'espace!

Dans l'élan qui m'emporte et que rien ne surpasse,

Je trace dans les airs de rapides sillons;

Sous mon souffle puissant qui gonfle mon visage

Je ramasse et soulève, au loin, sur mon passage,

      La poussière en noirs tourbillons!

A moi ce vaste ciel où le tonnerre gronde!

A moi cet océan qui bat les flancs du monde

Du choc impétueux de son flot irrité !

A moi la terre, avec ses hauts monts, ses vallées,

Et ses forêts qu'on voit trembler échevelées !

A moi toute l'immensité !

Des quatre points émus de la céleste voûte,

D'un bras ferme et puissant, je pousse sur ma route

Les nuages obscurs trouvés sur mon chemin ;

Et joyeux, au milieu de leur lutte bruyante,

Aux bras de la Tempête, à l'aile foudroyante,

J'aime à consommer mon hymen !

Pour mon lit nuptial, j'ai la mer agitée,

Et, comme un blanc duvet, son écume argentée

Qui du gouffre béant jusqu'aux cieux vient jaillir !

Tandis que je me tords au fond de ses abîmes,

Elle élève des monts aux bouillonnantes cimes,

Que mes transports font tressaillir !

Mieux qu'un guerrier armé de la flamme et du glaive

J'abats, je détruis tout ! Je renverse, j'enlève

Les blancs épis avant qu'on les ait moissonnés !

Je sème dans les airs les verdoyants arbustes,

Les peupliers géants et les chênes robustes,

     Comme l'herbe déracinés !

Insensible aux attraits de la belle nature,

Je dissipe en débris, sous mon haleine impure,

Les fleurs de la montagne et celles du vallon !

Le flot éteint le feu ; la digue arrête l'onde ;

Mais rien n'a maîtrisé ma fureur vagabonde :

     Je suis l'indomptable AQUILON !

XI.

LE PLAISIR ET LE BONHEUR.

LE PLAISIR.

J'aime le bal qui tournoie

Et son orchestre bruyant ;

J'aime le punch flamboyant

Où le souvenir se noie !

Joyeux enfant du désir,

Partout où sa voix m'appelle,

A table, auprès d'une belle,

J'accours : je suis le PLAISIR !

LE BONHEUR.

Moi j'aime la solitude

Et son doux recueillement;

J'aime le pétillement

Du foyer durant l'étude !

Loin du monde suborneur,

Heureux fils de la Sagesse,

Où sa voix parle sans cesse

Je viens : je suis le BONHEUR !

LE PLAISIR.

A moi le festin splendide,

Les buveurs insoucieux,

Les chants, les propos joyeux

Et les coupes que je vide !

Avec les sens épuisés,

Il me faut la folle orgie,

La nappe de vin rougie,

Et tous les cristaux brisés !

LE BONHEUR.

Un repas est délectable,

Quand y sourit l'Amitié

Qui met le cœur de moitié

Dans les charmes de la table !

En discourant à loisir,

Sans que la raison se blesse,

Au fond du verre je laisse

Le doux parfum du désir !

LE PLAISIR.

J'aime à courtiser les belles

Qui, dénouant leurs cheveux,

Viennent aviver mes feux

Par l'éclat de leurs prunelles !

Ma bouche épuise à prix d'or

Leurs caresses enivrantes ;

Sous leurs lèvres délirantes

Je meurs pour revivre encor !

LE BONHEUR.

J'aime une beauté discrète

Dont l'œil innocent et pur

Du ciel reflète l'azur

Et rayonne en ma retraite!

L'amour seul paye l'amour

Aux bras de mon adorée,

Et sous sa lèvre empourprée

Je rajeunis chaque jour!

LE PLAISIR.

La vie est un court passage

Sur un rapide torrent

Que je traverse en courant,

La gaîté sur le visage!

Trop insoucieux du sort

Pour compter chaque journée,

De pampres la tête ornée,

Je m'envole vers la Mort!

LE BONHEUR.

D'une âme calme et ravie,

Sans efforts, à pas comptés,

Par des sentiers écartés,

Je m'avance dans la vie !

Lorsque s'éteint son flambeau,

Pour moi naît une autre aurore,

Et je vais sourire encore

Au-delà du noir tombeau !

XII.

VESPER.

Oh! que j'aime ainsi voir, errant dans la campagne,
Du jour qui va finir s'éteindre le flambeau !
Ce rayon, qui pâlit en dorant la montagne,
Déroule à mes regards un merveilleux tableau !

On dirait qu'avec peine il quitte ces bois sombres;
Lorsqu'il semble mourir, il devient radieux,
Puis il se plonge enfin dans le vague des ombres,
Emportant de l'oiseau les chants mélodieux.

Celui qui d'un regard fit éclore les mondes
Abandonne la terre au repos de la nuit,
Et la mer qui s'endort, faisant mugir ses ondes,
Du jour au nautonnier porte le dernier bruit.

C'est l'heure où, sous les vents, l'arbre agité s'incline,

Comme pour dire au jour un éternel adieu ;

Où, fatigué, le pauvre, au pied de la colline,

S'agenouille et s'endort offrant son âme à Dieu !

C'est l'heure où le vieillard, sur son chemin aride,

Tremble à vieillir encore, alors que tout frémit ;

Il va courber son front qui sous l'âge se ride,

Disant ainsi sa crainte à l'airain qui gémit :

« O cloche, de ce jour tu saluas l'aurore ;

» Maintenant qu'il n'est plus, une pieuse main

» Nous verse dans la nuit ta voix triste et sonore,

» Voix que pour moi, peut-être, on entendra demain ! »

Mais derrière la nue un astre vient d'éclore,

Répandant sa lueur sur l'humide gazon ;

La nature, que l'ombre efface et décolore,

Semble se dévoiler sous un autre horizon.

Le ruisseau, qui, limpide à travers la prairie,

Murmure, ondule et court en flots capricieux,

Reflète en son cristal sa bordure fleurie

Et mille étoiles d'or qui tremblent dans les cieux !

De l'oiseau somnolant le léger nid de mousse

Est bercé par la brise au souffle langoureux ;

La mère, à ses petits gonflant son aile douce,

Fait dire à l'orphelin : « O ciel, qu'ils sont heureux ! »

Confident indiscret de l'amant solitaire,

Parfois l'écho murmure : « O Dieu, protége-la ! »

Le rossignol soupire et, plein d'un doux mystère,

Il module ses pleurs voltigeant çà et là...

Chante, va, pauvre oiseau ; chante, dis-moi tes peines ;

J'aime ta voix flexible et tes tendres accents ;

Comme toi, j'ai ma part des tristesses humaines ;

Comme toi, j'épandrai ma douleur dans mes chants !

De vallon en vallon ta douce mélodie

Forme, en se répétant, d'harmonieux concerts,

La plainte, qu'au Seigneur j'exhale et psalmodie,

Avec tes vifs regrets se confond dans les airs.

A ces derniers accents, rêveur je m'achemine

Sur le sentier pierreux qui conduit au hameau ;

Et bientôt j'entrevois du toit de la chaumine

La fumée ondoyer à travers chaque ormeau.

Car alors, la charrue, au pied de la pelouse,

Dort au bout du sillon creusé par son tranchant;

Le laboureur repose, et, près de son épouse,

Il raconte son jour et cause de leur champ.

Joyeux et caressant le père de famille,

Tous les enfants, rangés en cercle pétulant,

Battent des mains au feu qui s'allume et pétille,

Et chacun veut un coin de l'âtre étincelant.

Essayant des ébats encore bien timides,

Le plus jeune de tous, d'un doigt vif et léger,

Au front nu d'un vieillard veut effacer les rides,

Cet outrage du temps que rien ne peut changer !

Et l'aïeul a souri, quoique triste en son âme,

Puis il se lève et dit, en poussant de la main

Les tisons du foyer qui ne fait plus de flamme :

Enfants, avant l'aurore, éveillez-vous demain.

———

XIII.

LA CLOCHE.

La cloche est la voix toujours prête

A parler pour nous au Seigneur ;

Elle est notre sainte interprète

Dans la joie et dans la douleur !

Un enfant naît-il à la vie :

Elle carillonne gaîment,

Alors que l'eau, qui purifie,

Va couler sur son front charmant.

Quand une âme s'est envolée,

Elle épand un lugubre son ;

Avec notre voix désolée,

Elle gémit à l'unisson.

Bruyante et joyeuse, elle fête

La vierge au bras du fiancé,

Lorsque, pour l'hymen qui s'apprête,

Elle s'avance l'œil baissé.

Contre le feu vif et rapace

De l'incendie aux jets ronflants

Elle retentit dans l'espace

Avec de rapides élans !

Elle émeut la voûte éternelle

De son accent religieux,

A chaque fête solennelle

Qui rassemble les cœurs pieux !

Si, soudain, la guerre civile

Verse le sang qui coule à flots.

Le tocsin fait frémir la ville

Et répand au loin ses sanglots !

II.

La cloche fait bénir Marie

A l'heure où s'éveille le jour ;

L'enfant qui s'agenouille et prie,

Balbutie un hymne d'amour.

Quand la nuit, comme une paupière,

Clôt l'astre éclatant de lumière

Sur l'univers silencieux,

L'airain fait retentir encore,

Dans la tour vibrante et sonore,

Son langage mystérieux.

La cloche est la voix solitaire

Que les cieux entendent parler ;

Les soupirs secrets de la terre

Par elle semblent s'exhaler !

Celui qui quitte sa chaumine,

De loin, derrière la colline,

6.

L'écoute encor comme un adieu !

A tout mortel, qui, sur sa route,

Va livrer sa croyance au doute,

Elle répète : il est un Dieu !

XIV.

LA PAUVRE FILLE DE LA VALLÉE.

Bergères des hameaux, vierges de ces vallées,

Beaux yeux bleus, beaux yeux noirs, chevelures bouclées,

Troupe folle et dansante, aux fronts insoucieux,

Vous comptez par printemps, vous comptez par aurore,

Vous voyez chaque fleur toujours sortant d'éclore,

Tous vos jours sont d'azur et vos chants sont joyeux,

Jeunes filles, chantez, chantez long-temps encore !

Mais la feuille des bois jaunit

Sous les pâles soleils d'automne ;

Au fond du ruisseau qui frissonne,

Le ciel, le soir, se rembrunit.

Mais la rose, au buisson ravie,

La rose, au velours si brillant,

S'échappe, ô vierge, en s'effeuillant,

De ton front rayonnant de vie !

Mais les yeux sont faits pour les pleurs,

Car toute joie est fugitive,

Et le temps à l'âme captive,

Tôt ou tard, porte ses douleurs !

Dans ce riant vallon, où tout n'est que verdure,

Où l'oiseau vole et chante, où le zéphyr murmure,

Souvent, au pied d'un hêtre, on voit seule, à l'écart,

Une jeune bergère, au triste et long regard,

Qu'elle attache à la croix de son pâtre fidèle

Qui dort, à quelques pas, et pourtant si loin d'elle !

Car l'on peut de ce lieu voir le morceau de champ

Où le soleil aux morts vient luire en se couchant.

Son mouton favori le cherche, l'œil avide,

Et près d'elle, en bêlant, flaire la place vide

Où jadis, à sa voix, il accourait charmé,

Pour manger dans sa main le pain accoutumé.

La pauvre fille pleure, et ses sanglots de femme

Trahissent, par moment, les secrets de son âme.

Ainsi, dans un long deuil se passe tout son jour,

Autrefois si joyeux et si rempli d'amour !

A l'heure du départ, tandis que la prairie

Voit les agneaux bondir sur son herbe flétrie,

Au son mélodieux d'un rustique instrument,

A son lugubre appel les siens vont lentement,

Et, seule, la clochette, à leurs pas cadencée,

Tinte et bat dans son cœur comme une autre pensée.

Et demain, à l'aurore, aux doux chants des oiseaux

Que la brise légère, en soupirs modulée,

Prolonge d'arbre en arbre, au loin, dans la vallée,

Avec le murmure des eaux ;

Quand, joyeux au réveil, l'enfant de la chaumière,

Que poursuivent dans l'air ses blonds cheveux flottants,

Butinera les fleurs de ses plus doux printemps,

Pour parer le sein de sa mère ;

Demain, la pauvre fille, en menant son troupeau,

Sur l'osier, qu'autrefois il tressait avec elle,

Attachera la fleur qu'on dit être immortelle,

Mais qui languit sur un tombeau !

XV.

PREMIER AMOUR.

Après avoir franchi, sur un lointain rivage,

Des lieux où la nature est inculte et sauvage,

Où le sol est brûlant et le ciel embrâsé,

Parfois, le pèlerin, contre son espérance,

Suspend son pas tremblant qu'alourdit la souffrance :

Sur une tendre fleur son regard s'est posé !

Une fleur ! Il s'arrête. — Une fleur ! O surprise !

Au milieu du désert, où pas même une brise

Ne vient, en murmurant, rafraîchir un peu l'air !

Une fleur au désert, où nul oiseau ne chante,

Où jamais on n'entend doux bruit qui nous enchante,

Doux bruit que fait un ruisseau clair !

Aussi, bon pèlerin près d'elle se repose,

Pour pouvoir savourer le parfum que compose

Sa corolle où le jour dispense ses couleurs ;

Puis, avec ce parfum, son âme solitaire

Monte, monte bien haut, souriant à la terre,

Qu'elle voudrait quitter riche de ses douleurs.

Moi, pèlerin aussi, dans cette vie amère,

Où tout fruit se corrompt, où tout a sa chimère

Qui tombe avec l'espoir, avant la fin du jour ;

Pèlerin, j'ai trouvé la douce fleur de l'âme,

Que le ciel embellit de ses rayons de flamme

     Et dont le parfum est l'amour !

L'amour ! mais, à ce mot, enfant, tu t'effarouches :

Je sais, tu ne veux point de ces plaisirs farouches

Auxquels, pour se voiler, il faut l'ombre des nuits ;

Et qui, lorsque revient la lumière éclipsée,

S'envolent comme un rêve en froissant la pensée,

Et nous laissent le cœur rongé par les ennuis !

Non, ce ne sont pas là les plaisirs que j'envie :

Leur essence est la mort, jalouse de la vie ;

Leur durée un instant où l'âme n'est pour rien ;

Mais ceux que, moi, je veux doublent notre existence :

C'est ton cœur que l'amour avec le mien condense,

   Mon regard noyé dans le tien !

C'est le ravissement que ce regard me donne,

Ta main qui dans ma main doucement s'abandonne,

Lorsqu'ensemble en ces lieux nous venons nous asseoir ;

C'est cette chevelure ondoyante et soyeuse,

Qui, sur ton beau col blanc tombant capricieuse,

S'agite mollement aux doux soupirs du soir !

Ce sont ces mots du cœur, ces élans du délire

Qui réjouissent l'âme et qu'on aime à redire ;

C'est ton front incliné, dans mes bras, tout un jour ;

C'est le son de ta voix, vibrante d'harmonie ;

Ce sont tes longs soupirs de douceur infinie

   Qui, malgré toi, parlent d'amour !

      7

XVI.

LE BOUTON DE ROSE.

O le charmant bouton de rose,

Que de ses pleurs la nuit arrose,

Et qui promet déjà sa senteur aux zéphyrs!

Mais une main furtive à sa tige l'enlève,

Pour parer la beauté dont le sein se soulève,

Docile aux amoureux soupirs!

Les doux baisers d'une autre Aurore

Seraient venus la faire éclore;

Et la rose eût vécu l'espace d'un long jour;

Tandis que son bouton, dans nos folles demeures,

Perdra son tendre éclat en moins de quelques heures,

Sous le souffle ardent de l'amour!

Anita, la belle rieuse,

De la danse vive et joyeuse,

Tombe bientôt aux bras de son amant vainqueur ;

Puis, lorsque mollement son front penché repose,

Ses yeux cherchent en vain le frais bouton de rose

Qu'elle avait placé sur son cœur !

Il s'est détaché du corsage ;

Et chacun va, sur son passage,

En fouler les débris, sur le sol envolés !

Pauvre bouton ! Pour lui l'existence se brise,

Sans qu'il ait eu le temps de donner à la brise

Les parfums qu'il eût exhalés !

XVII.

BALLADE AMOUREUSE.

Quand la lune

Luit, le soir,

Là, ma brune

Vient s'asseoir;

Sans rien dire,

Je soupire;

Et j'admire

Son œil noir !

La folâtre

Parle et rit;

J'idolâtre

Son esprit !

Sous son geste

Vif et leste,

Moi, je reste

Interdit !

Je la laisse

S'égayer

Et sans cesse

Babiller :

C'est la rose,

Fraîche éclose,

Que je n'ose

Effeuiller !

Las d'entendre

Refuser,

L'amant tendre

Doit oser...

Pour défense,

Je dépense

L'éloquence

D'un baiser !

Elle lutte ;

Mes efforts,

Dans sa chute,

Sont plus forts :

Je l'obsède ;

Elle cède ;

Je possède

Son beau corps !

Puis c'est elle,

A son tour,

Qui m'appelle,

Chaque jour !

Je la presse,

La caresse :

C'est l'ivresse

De l'amour !

XVIII.

CHRISTELLA.

LÉGENDE VÉNITIENNE, 1469.

Voyageurs, arrêtez, un moment, votre course
Sous ces frais orangers, au bord de cette source :
La tombe des amants nous demande des pleurs !
Écoutez-moi narrer leur lamentable histoire ;
Et, tandis que pour vous je scrute ma mémoire,
      Pour eux tressez des fleurs !

Fier enfant de Venise et d'une race illustre,
Paolo, qui rêvait pour elle un nouveau lustre,
Avait vingt fois juré guerre à mort au Croissant !
Mais si son cœur était ardent pour la patrie,
Il avait du regard d'une vierge chérie
      Reçu le trait perçant !

Christella, qui brillait d'une beauté divine,

Du jeune chevalier était de plus cousine,

Et l'aimait en secret d'un ineffable amour.

Quand sa bouche s'ouvrait, sous un charmant sourire,

C'était comme une rose, alors que le zéphire

　　　La fait éclore au jour !

Paolo vit ses vœux traversés par son père,

Qui fit peser sur lui sa volonté sévère,

Et vint du champ d'honneur lui barrer le chemin !

La pauvre Christella de douleur fut frappée :

Car son beau chevalier eut, au lieu d'une épée,

　　　Un rosaire à la main !

Dans un sombre couvent le voilà donc novice,

Et seul, au lieu d'avoir un page à son service,

A ses côtés il a l'Ennui, le Désespoir !

Le courage toujours remuait ses entrailles ;

Aussi de son couvent gravissant les murailles,

　　　Il partit un beau soir.

Cependant Mahomet, le vainqueur de Candie,

Emporté par l'élan de sa marche hardie,

Vient sillonner les flots qui baignent Négrepont :

A l'appel du combat accourant plein de zèle,

Paolo va couper, sous la horde infidèle,

      Les quatre arches d'un pont!

Mais vient la Jalousie, à l'œil sombre et farouche,

Qui, crachant jusqu'à lui l'écume de sa bouche,

Rend par la trahison les musulmans vainqueurs.

Stéphano, tel était le nom du traître infâme,

Haïssait Paolo ; car une même femme

      Régnait dans leurs deux cœurs!

Dévoré du désir d'assouvir sa vengeance,

Il en avait enfin satisfait l'exigence,

Reniant sa patrie et sa foi sans remords!

Et la ville bientôt, comme une boucherie,

Du sol jusqu'à son faîte eut pour tapisserie

      Mille têtes de morts !

Désormais, le Sultan règne dans son enceinte !

Sa fureur par le sang ne peut pas être éteinte :

Il lui faut, maintenant, les charmes de l'amour ;

Et du doigt Stéphano, dans le sang de son père,

Lui montre Christella que, plus tard, il espère

Obtenir à son tour !

Du Sultan Christella repousse la tendresse,

Et laisse dans son cœur un avant-goût d'ivresse

Qui la fait respecter et sauve son honneur...

Paolo reparaît et repart intrépide,

Emportant, au galop de son coursier rapide,

La vierge et son bonheur !

Un bateau les reçoit sur les bords de l'Euripe ;

Ils voguent... derrière eux ils ont vu fuir Egripe...

Ils ont gagné l'espace... ils pourront être heureux !..

Mais, quand à ses rigueurs le noir Destin nous livre,

Aucun de nous ne peut s'effacer, sur son livre,

Du rang des malheureux !

Le Sultan furieux, en apprenant leur fuite,

Ordonne à ses soldats d'aller à leur poursuite,

Et lui-même il prétend guider ses matelots!..

Paolo fuit toujours... mais, dans ses mains agiles,

Le bois trop agité de ses rames fragiles

      S'est brisé sur les flots !

C'est en fait; c'en est fait!.. adieu toute espérance !

Dans ses pleurs Christella fait parler sa souffrance...

Sous la fureur des Turcs ils devront succomber...

Quand, soudain, se pressant d'une étreinte amoureuse,

Dans les ondes, ainsi qu'une ombre vaporeuse,

      Ils se laissent tomber.

Leurs deux corps, que le flot porta sur ce rivage,

De ces frais orangers reposent à l'ombrage ;

Et leurs âmes souvent, aux pas de l'étranger,

S'éveillent, espérant que Venise, leur mère,

Après avoir appris leur destinée amère,

      Vient enfin les venger !

XIX.

LA DERNIÈRE PENSÉE DE WEBER.

Le cygne à cette vie adresse ses adieux

Par les plaintifs accords d'un chant mélodieux,

Et semble résumer, dans ce cri d'agonie,

Tout ce que l'âme peut exhaler d'harmonie !

Ce fut ainsi pour toi, Weber : lorsque la Mort

Se pencha pour couper la trame de ton sort,

Disputant à sa main une heure d'existence,

Tu fis, sur le clavier, voltiger en cadence

Tes doigts d'où s'échappaient d'harmonieux sanglots,

Pareils au chant du cygne expirant sur les flots !

Les notes ruisselaient, comme, sur le visage,

Les pleurs qu'on voit tracer leur humide passage.

C'était un long soupir, dont l'accent douloureux,

Tour à tour, s'élevait et tombait langoureux ;

C'était un cri jeté par une âme oppressée,

Dont on pouvait ainsi traduire la pensée :

« Adieu le beau ciel bleu, d'où l'inspiration

» Venait me pénétrer comme un divin rayon !

» Adieu les doux parfums de la terre fleurie !

» Adieu les saints transports ! adieu la rêverie

» Où mon cœur s'enivrait d'accords mystérieux !

» Je ne dois pas atteindre à ce but glorieux,

» Vers lequel je marchais d'un pas plein d'assurance.....

» Mon nom s'éteint aussi !.. La voix de l'Espérance,

» Qui guidait, ici-bas, mon fragile destin,

» Comme un écho mourant, se perd dans le lointain !...»

Ton âme, ô grand artiste, en quittant cette terre,

N'a point, grâce à ton chant, disparu tout entière :

Soit que l'archet flexible erre sur l'instrument

Pour éveiller l'écho de ton gémissement,

Soit que ton cri plaintif, sous une main agile,

Résonne de nouveau sur le clavier docile,

Dans chaque son qui monte et revient expirer,

C'est ton âme, ô Weber, qu'on entend soupirer !

XX.

13 JUILLET 1842.

A vos armes, soldats ! Le salut militaire !
        Et vous, tambours, battez aux champs :
C'est un prince royal, c'est un grand de la terre
        Qui va passer devant vos rangs !

Et toi, sous tes lambeaux, pauvre, pour qui la vie
        Est un long trajet douleureux,
Vers ce char blasonné jette un regard d'envie :
        Celui qu'il emporte est heureux !

Non, non, restez, soldats ; tambours, faites silence ;
        Malheureux, contiens ton désir :
Comme vous, c'est un homme, et sur ses pas s'élance
        La Mort ardente à le saisir !

XXI.

CONSOLATIONS A UNE MÈRE.

Pardonnez, pauvre mère, à mes chants éplorés,

S'ils vous parlent encor du fils que vous pleurez ;

Mais la voix du poète est la voix qui console :

C'est à lui d'élever sa puissante parole,

En criant : espérance ! à ceux dont le Malheur

Fait blanchir les cheveux et torture le cœur !

Espérance ! Ce mot sonne avec ironie !

L'Espérance s'assied au chevet d'agonie,

Et là sourit encore aux lèvres d'un mourant,

Pour rendre, s'il se peut, le trait plus déchirant !

Ah ! j'en appelle à vous, dont l'âme est ulcérée :

Quand, près de votre fils, sanglotante, égarée,

Vous cherchiez sur sa bouche, en un dernier baiser,

A renouer ses jours tout prêts à se briser,

N'est-ce pas qu'un instant vous fûtes presque heureuse

De voir ses pleurs mouiller sa couche douloureuse ?

Car, alors, comprenant qu'il se sentait souffrir,

Vous pensiez que ce fils pourrait ne pas mourir !

Déjà vous triomphiez ! mais, cruelle chimère !

La Mort n'a pas égard à l'amour d'une mère !

.   .   .   .

Oh ! qu'alors sous le coup de la réalité,

On maudit l'Espérance et sa stérilité !

Que dis-je là ? Chrétienne, et mère infortunée,

Vous savez trop que Dieu ne nous l'a pas donnée

Pour aller au devant du bonheur, ici-bas ;

Si, parfois, en jetant quelques fleurs sur nos pas,

Elle attache son prisme aux choses de la terre,

Son charme qui nous trompe est encor salutaire :

En espérant toujours trouver des jours meilleurs,

On s'anime à marcher dans ce val des douleurs !

Fille de l'Avenir, l'Espérance est divine ;

8.

Lorsqu'elle tombe, enfin, sur la dernière épine,

Bien loin de ne laisser que des pleurs dans les yeux,

Plus belle que jamais elle remonte aux cieux !

XXII.

L'OISEAU FIDÈLE.

ROMANCE.

MUSIQUE DE M. FÉLIX DUBOCAGE.

Rose, en sa misère,

Veut, loin de la terre,

Rejoindre sa mère,

Dans les bras de Dieu !

A l'oiseau fidèle

Qui, battant de l'aile,

Gazouille auprès d'elle,

Rose   t adieu !

Oiseau vole, vole;

A toi les chants, à moi les pleurs;

Fuis mes douleurs !

Ta voix, qui console,

Savait dissiper, par moments,

Mes noirs tourments !

Vole, vole, vole;

Sois libre et joyeux;

Vole, vole, vole,

Vole vers les cieux !

Oui, fuis ta maîtresse ;

Car, dans ma détresse,

Nul ne s'intéresse

A mon triste sort !

Toujours la souffrance !

Jamais d'espérance !

Pour ma délivrance,

J'invoque la Mort !

Oiseau vole, vole, etc.

Pleurant en silence,

Rose embrasse et lance

Dans l'espace immense

Le petit oiseau !

Mais, quand la pauvrette

Râle en sa chambrette,

D'une aile inquiète

Il frappe au carreau !

Oiseau, vole, vole ;

Ta maîtresse, loin des douleurs,

Sourit ailleurs !

Ta voix, qui console,

Savait dissiper, par moments,

Ses noirs tourments !

Vole, vole, vole ;

Sois libre et joyeux ;

Vole, vole, vole,

Vole vers les cieux !

XXIII.

L'ŒUVRE DE DIEU.

Dieu nous fit tous égaux au seuil de l'existence, .

Nous ordonnant à tous réciproque assistance ;

Et s'il nous a créés avec diversité,

Ce n'est point par la loi de l'inégalité.

Voulant que la puissance, innée en son génie,

Se reflétât partout, variée, infinie,

Il différencia la forme et la couleur ;

Mais à tout il donna la commune valeur

Appelée à grossir l'océan de la vie !

Cet humble filet d'eau, qui court dans la prairie,

Va faire bouillonner le fleuve impétueux,

Dont la mer gonfle aussi ses flots majestueux !

Comme un éventail vert, les peupliers superbes

Eloignent l'air impur. Les fleurs, parmi les herbes,

Sont faites pour donner leurs parfums au vallon

Et leur suc à l'abeille à l'agile aiguillon :

L'arbre, sublime et fier de sa riche ramure,

En soutenant le lierre, en reçoit sa parure.

Ainsi tout a son but et son utilité

Vers le centre commun de la vitalité !

C'est cette même loi que suit la race humaine :

A tous Dieu nous donna la terre pour domaine,

Avec les mêmes droits à partager ses biens ;

Mais, pour mieux nous unir, il forma des liens

Qui font que constamment l'homme est utile à l'homme.

Chacun, au grand banquet, l'un par l'autre consomme ;

Indispensable à tous, de tous il a besoin.

Dans ce juste dessein, le créateur eut soin

De partager les dons de son intelligence,

Nombreux rayons épars qui vers cette existence

Doivent tous converger, et sur l'humanité

Allumer le soleil où luit l'égalité ;

Car, en y prenant part, tout mortel vivifie

Ce foyer lumineux où bouillonne la vie !

L'un, armé d'un tranchant, creusera le sillon

D'où jaillira l'épi jauni pour la moisson ;

L'autre, d'un bras nerveux, entr'ouvrira la terre

Pour fouiller dans ses flancs, et, sous ses mains, la pierre,

Qu'il foulait à ses pieds, va, par un travail prompt,

Surgir en édifice et dominer son front !

Celui-ci, combattant la douleur qu'il maîtrise,

Obtient qu'à nos besoins la nature soumise

Aide encor son savoir, afin de secourir

Ses frères, trop souvent exposés à souffrir ;

Celui-là, possédé d'un sublime génie

Qui va cherchant le vrai dans sa source infinie,

Dirige nos esprits, forme notre raison ;

Cet autre, l'œil fixé sur un vaste horizon,

Transporte tous les cœurs de la foule enivrée,

Quand la Muse, parlant à son âme inspirée,

Vient effleurer son front de son aile de feu !

Enfin tous et pour tous, sous le souffle de Dieu,

Nous formons ce foyer où s'allume la flamme

Qui fait vivre chacun par le corps et par l'âme !

———————

XXIV.

HYMNE NOCTURNE.

O Dieu, père de la nature,

Soleil étincelant du jour,

Au sein de chaque créature

Tu verses ton divin amour :

L'oiseau dont l'aile diaprée

Fend l'air sous la voûte azurée,

A pour lui l'aurore et les fleurs ;

Tendre Philomèle a l'ombrage,

Abri du jour et de l'orage,

Et la nuit pour verser des pleurs !

Seigneur, comme cet oiseau sombre,

Déjà flétri par les chagrins,

J'aime à cacher au sein de l'ombre

Mon front aux regards des humains ;

Car, au vol de chaque pensée,

Ma pauvre âme s'abat froissée

Sur un douloureux souvenir ;

Et quand, le soir, de roche en roche

On entend soupirer la cloche,

Elle sourit pour te bénir !

Plongé dans ces ombres funèbres,

Entr'ouvrant les yeux de la foi,

Je vois, à travers les ténèbres,

Une croix surgir devant moi :

Ensanglantée, elle domine

Ces tombeaux où tous en ruine

Les mondes viennent s'assoupir ;

Et le sang goutte à goutte y tombe,

Faisant sortir de chaque tombe]

Un doux espoir dans un soupir !

Mon Dieu, c'est là ton agonie !

Tu rachetas, dans les douleurs,

Notre vie au prix de ta vie,

Donnant tes larmes pour nos pleurs !

Dieu de bonté, Dieu du Calvaire,

Fais que toute ombre qui m'est chère

S'envole à toi dans son essor ;

Et couronne, dans ta largesse,

D'un long bonheur et de vieillesse

Ceux que mon cœur possède encor !

Pour moi, quand la noire tenture

Aura drapé mon humble seuil,

Quand des guirlandes de verdure

Auront orné ma croix en deuil,

Fais qu'une femme désolée,

Avec le thym de la vallée

Les fasse souvent reverdir ;

Qu'un ami sur ma froide pierre

Vienne répandre une prière

Et me garde un doux souvenir !

XXV.

ÉCHO.

Écho, selon les uns, éprise de Narcisse,

Qu'elle ne put fléchir à son joug amoureux,

Finit par enfermer, lasse d'un long supplice,

Et son âme et sa voix au fond d'un rocher creux.

Selon d'autres, Écho savait, dans son adresse,

Circonvenir Junon de récits captieux,

Tandis que Jupiter, aux bras d'une maîtresse,

Se riait du courroux de la reine des dieux !

Mais l'esprit si fécond de la nymphe rusée

Ne put à Jupiter toujours prêter appui :

Junon, pour la punir, lui ravit la pensée,

Et lui mit dans la voix le langage d'autrui !

9.

Écho, qui que tu sois, les monts et les vallées

Ne te donnent pas seuls un abri protecteur :

Lorsqu'il voit devant lui des âmes désolées,

Le poète t'entend soupirer dans son cœur !

Et le poète peut sourire à l'Espérance,

En suivant son chemin d'un pas plus affermi,

Si son vers, qui redit sa cruelle souffrance,

Te retrouve, à son tour, dans le cœur d'un ami !

Écho, tu cours aussi sur les pas de la Gloire,

Qu'un fier mortel poursuit, par tous les vents battu ;

Écho, si je t'invoque au temple de Mémoire,

Entendras-tu mon nom et me répondras-tu ?

FIN.

A LA MÉMOIRE

DU

BARON LARREY

POËME

A LA MÉMOIRE

DU

BARON LARREY

Sur ces chemins battus, où la foule, à grands pas,

Court en jouant la vie au-devant du trépas,

Il est des hommes forts, à la vaste pensée,

Qui, résistant aux flots dont leur marche est pressée,

Devraient bien, pour prêter leurs bras à l'avenir,

Etre exempts de la loi qui dit : « Tout doit finir ! »

Comme ce roc altier, géant de la nature,

Qui jette au ciel son front de sublime structure,

Dispute à l'ouragan l'arbuste malheureux

Dont le tronc ébranlé tient à ses flancs poudreux ;

De même ces mortels, rois de l'intelligence,
Devraient longtemps encor, grands par l'expérience,
Disputer aux douleurs la pauvre Humanité,
Dont ils ont par leurs soins déjà tant mérité !

Qu'ai-je dit, insensé ? La vie est un passage
Ouvert aux pas du fou tout comme à ceux du sage :
L'un préfère en chantant gaîment le parcourir,
L'autre y vient pour rêver, et tous deux pour mourir !

A cette heure suprême, où sous l'âge il succombe,
L'homme, si grand qu'il soit, s'incline vers la tombe !
Alors, avec son cœur toujours jeune et brûlant,
Il refuse de croire à son pas chancelant ;
Il veut encor marcher... Mais, fermant la paupière,
Il ne laisse qu'un nom à mettre sur la pierre !!!
Ce nom, le voyez-vous ? Il n'est pas seulement
Ecrit en lettres d'or sur un froid monument :
Depuis les bords du Rhin, où, durant la bataille,
Soldat républicain, il brava la mitraille

Pour ravir les blessés à son feu redoublant,

Jusqu'à l'aigle tombé sur Waterloo sanglant ;

Partout où le grand homme avec sa longue épée

Traça sur l'univers sa brillante épopée ;

Partout où le géant voulut s'apesantir,

Partout, on voit son nom ! Regardez-le grandir !!

Entendez-vous là-bas ? C'est la charge qui sonne ;

Le galop des coursiers sur la terre résonne ;

Le fer brille, et bientôt la foudre des combats

Retentit et redouble au loin ses longs fracas...

Voyez ces bataillons ; regardez-les tous fondre

Sur les rangs ennemis que leur choc va confondre !

Aussi prompts que l'éclair, ce sont là des Français :

Car déjà leur valeur commande le succès !

Oui, ce sont des Français ! Fils de la République,

Ce sont les seuls dont l'âme encor patriotique

Conserve à son pays de nobles sentiments !

Lorsque d'autres n'ont plus que des rugissements,

Pour noyer la raison dans le sang de leurs frères,

Et que, tenant en main des torches funéraires,

Tous ces nouveaux Brutus éclairent le bourreau,

Ceux-là, du moins, ceux-là font sortir du fourreau

Le glaive qui, vengeur de sa gloire flétrie,

Impose à l'étranger respect pour leur patrie !!!

Au milieu d'eux, quel est, ses longs cheveux au vent,

Ce jeune homme qui court, intrépide, en avant,

Relever sous le feu du triple airain qui tonne

Ce vieux soldat blessé que tant d'audace étonne ?

C'est le jeune Larrey ! Larrey qui, le premier,

Fit voler l'ambulance au combat meurtrier !

Honneur, honneur à lui ! chirurgien militaire,

De son sang, en ce jour, en rougissant la terre,

Sur le champ de bataille il a tracé son nom !

Jusqu'à présent, toujours à l'abri du canon,

Pour sauver le soldat, ses timides confrères,

Craignaient en s'avançant d'être trop téméraires :

Maintenant voyez-les voler tous sur ses pas !

La Mort espère en vain un copieux repas ;

En vain son front sinistre a pris un air de fête :

L'intrépide Larrey saura lui tenir tête !

Partout où, renversant les épais bataillons,

Sa main large et rapace encombre les sillons,

Il accourt ; et partout, comme un Dieu tutélaire,

Il rend aux vieux soldats leur vie et leur colère

Qui ne s'arrêtera qu'après avoir passé

Sur l'ennemi tremblant à leurs pieds terrassé !

Aussi, quand Beauharnais, de lugubre mémoire,

A ses futurs bourreaux annonce sa victoire,

Dans le jeune Larrey son glaive triomphant

Désigne à la patrie un glorieux enfant !

Maintenant vient celui dont le champ de bataille

Pour le manteau des rois agrandira la taille !

Il court fouler le sol des antiques Césars...

De maints combats divers captivant les hasards,

Il s'avance... et son pied reste empreint sur les grèves !

Mais pourquoi sourit-il ? C'est qu'il voit dans ses rêves

Descendre à ses côtés l'aigle altier des Romains,

Qui dépose un laurier comme un sceptre en ses mains !

Vision gigantesque ! et cependant réelle,

Qui l'entoure déjà d'une gloire immortelle !

En avant, cavaliers ! Sonnez, joyeux clairons !

Marchez, soldats ! Frappez et nous triompherons !

Si le plomb vous atteint, Larrey vous accompagne ;

Bonaparte en a fait son frère de campagne.

Comme aux rives du Rhin, il vous arrachera

Aux serres de la mort ; puis, quand partout fuira

Votre ennemi vaincu, maîtres du territoire,

Vous serez tous debout pour chanter la victoire !

Mais le futur César va sous de nouveaux cieux

Porter dans les combats son front audacieux,

Et la belle Italie, à ses armes soumise,

Lui souffle en ses adieux les parfums de sa brise !

Une terre inconnue à nos regards paraît :

C'est l'Egypte ! L'Egypte, où plus d'un noble trait

Va couronner Larrey d'une gloire éclatante !

A notre aspect l'Arabe a replié sa tente,

Et le souple galop de son ardent coursier

L'emporte en nous jetant l'éclair de son acier.

Mais voici devant nous l'antique Alexandrie,

Qui, comme un vieux guerrier, l'œil sur sa batterie,

Nous étale l'orgueil de son double rempart.

Nos grenadiers l'ont vue, et soudain un cri part !

Le clairon a sonné : c'est l'assaut que l'on donne !

Cavaliers, fantassins, à la voix qui l'ordonne,

Tous s'élancent joyeux sur la brèche en courroux

Qui sème en mugissant sa mitraille sur nous !

Constamment, au plus fort de l'affreuse mêlée,

On voit courir partout sur la terre ébranlée

Bonaparte et Larrey ! L'un pousse le trépas ;

L'autre arrête celui qu'on lance sur nos pas ;

Enfin dans tous les rangs Larrey se multiplie,

Et ne fait point mentir le Rhin et l'Italie !

*

. . . .

Mais sur les minarets notre drapeau flottant

Annonce dans les airs un succès éclatant !

Maintenant, comment dire avec la Renommée

Tout ce qu'en ce pays il fit pour notre armée ?

Partout où nous voyons accourir le croissant,

Son courage et son nom vont toujours grandissant :

Près d'Héliopolis, au Caire, aux Pyramides,

Il prodigue aux blessés des secours intrépides !

Ici, c'est un mourant qui, de soif dévoré,

A bu l'eau de sa gourde et s'est désaltéré ;

Là, ce sont ses coursiers qui pour le militaire

Fourniront à ses soins un bouillon salutaire ;

Plus loin, le linge manque aux nombreux pansements ;

Il en saura trouver : il a ses vêtements !

Mamelucks, maintenant que sa poitrine est nue,

La balle qui viendra sera la bienvenue...

Allons, frappez ! Mais non, vous ne l'atteindrez pas :

L'avenir le réclame ouvert devant ses pas !

Quelle est donc cette ville aux longs crèpes funèbres,

Qui semble suffoquer sous d'épaisses ténèbres ?

C'est l'ancienne Joppé, la moderne Jaffa,

Qu'en des temps éloignés saint Louis releva.

Aussi, du haut des airs, son ombre désolée

Contemple avec douleur notre armée accablée

Par le fléau rongeur qui parcourt la cité !

Contre cet ennemi, par l'enfer suscité,

Larrey court le premier... car le soldat l'appelle !

Là, ce n'est plus la Mort qui, triomphante et belle,

Les bras bardés de fer, venait dans chaque rang

Réjouir son haleine à la vapeur du sang,

Et qui, lorsqu'elle avait tracé sa rouge empreinte,

Sans pouvoir nulle part faire naître la crainte,

Marquait du sceau d'honneur le front de nos guerriers,

Et leur donnait enfin pour linceul des lauriers !

Non : c'est la Peste au teint sépulcral et livide,

Qui, promenant partout son long regard avide,

Dans leurs orbitres creux roule deux yeux ardents,

Et fait claquer parfois son rire entre les dents !

Sur tout ce qu'elle voit, jalouse de la vie,

Elle attache aussitôt sa venimeuse envie ;

Aussi, pour apporter un trophée au tombeau,

La voilà qui se jette après notre drapeau !

Au sabre recourbé du mameluck rapide

Tu veux, jeune officier, d'un élan intrépide,

Opposer ton épée, en barrant le chemin :

Insensé ! Le fléau va te glacer la main,

Et, te faisant lâcher ton arme défensive,

Il soufflera sur toi sa douleur convulsive !

Sans doute alors, soldats, vous cherchez du regard

Celui qu'au champ d'honneur, sous les murs du rempart,

Vous avez vu venir fermer chaque blessure ?

Il est là près de vous ; son aspect vous rassure.

Si terrible que soit cet ennemi nouveau,

De sa tâche son zèle est toujours au niveau.

Le Monstre en vain sur lui veut jeter son écume :

Il le voit sans pâlir ; sa parole rallume

La foi des malheureux ; et pour tous les besoins

Sa main sait constamment multiplier ses soins.

Mais afin d'arrêter l'effroyable ravage,

Il a pu composer un bienfaisant breuvage.

Plus de gémissements... Le courage renaît

Chez tous ceux que déjà la vie abandonnait ;

Car ils ont oublié ce qu'était leur souffrance,

En espérant revoir le beau ciel de la France !

Alors, parmi tous ceux qui briguaient la faveur

De venir l'appeler leur père, leur sauveur,

Et déposer leurs mains dans ses mains héroïques,

Il semblait être un Dieu des fables homériques !

Mais le Temps, vieux marcheur qui va courant toujours,

A déroulé pour nous bien des glorieux jours :

Parti de Marengo, de célèbre mémoire,

Sur les pas du consul que guidait la Victoire,

L'aigle altier des Romains s'est fait aigle français ;

Il n'est aucun climat où son vol n'ait accès !

De ses ailes de feu déployant l'envergure,

Il s'élève toujours, et grandit à mesure !

Il étonne les airs ! D'un œil audacieux,

Il va même ravir le tonnerre des cieux !

Et quand il redescend, c'est au-dessus des trônes,

Afin de foudroyer les rois sous leurs couronnes !

A tous ces beaux combats où chacun veut courir ;

Mais où l'Humanité devra pourtant souffrir,

On voit toujours Larrey ! Dans toute l'Allemagne,

Il s'avance à côté du nouveau Charlemagne.

Austerlitz fait trembler le czar dans son Kremlin ;

Aujourd'hui c'est à Vienne, et demain à Berlin !

Ici c'est le Prussien ; là c'est le Moscovite

Qui, comme l'Autrichien, sont tous battus bien vite !

Lubeck, Eylau, Friedland ont offert tour à tour

Ce qu'Essling et Wagram montreront à leur tour.

Pour dire ce que fit dans ces jours mémorables

Larrey, qui prodiguait tous ses soins secourables,

Il faudrait composer un long poëme entier :

Quand pour grandir encor, le conquérant altier,

Des carreaux de la foudre en entourant sa tête,

Va porter en tous lieux le bruit de la tempête ;

Quand il prétend avec le fer et le canon

Aux flancs de l'univers incruster son grand nom,

Lui fait entrer le sien d'une main prompte et sûre

Dans le cœur du soldat, en fermant sa blessure !

Mais le Nord a soufflé sur nous les ouragans...

Enfants de la Victoire, élevés dans les camps,

On dirait qu'en ce jour elle nous répudie :

Voyez plutôt Moscou dont le vaste incendie,

Avec ses jets ronflants et son éclat moqueur,

Eclaire en grandissant la fuite du vainqueur !

Valeureux grenadiers, vous ne pouvez comprendre

Ces trois mots étrangers : TREMBLER, FUIR OU SE RENDRE !

Contre votre destin vous voulez vous roidir...

C'est vainement... l'hiver saura vous engourdir ;

Et déjà vous tremblez... Oui ; mais non pas de crainte !

Car vous vous étonnez que sous la froide étreinte,

Lorsque vous sentez là votre âme encor brûler,

Votre pauvre corps, lui, ne puisse plus aller !

Il vous faut donc mourir ! C'est donc une défaite !

Et pour vos ennemis une joyeuse fête !

Mourir ! Il vous l'a dit : TOUT, OUI, TOUT EST PERDU !

Non, non ! Il en est un qui ne s'est pas rendu

Au rigoureux destin dont la main vous accable :

C'est Larrey ! Le voici ! Toujours infatigable,

Dans ses bras paternels il vient vous relever ;

Et, sous ce ciel fatal, jaloux de vous sauver,

A plus d'un d'entre vous, de sa main aguerrie,

Il frayera le chemin qui mène à la patrie !

Mais c'en est fait : notre aigle a perdu son essor !

En vain de l'île d'Elbe il reparait encor ;

En vain aussi Fleurus a ranimé ses ailes :
Celui qui dominait aux voûtes éternelles,
Ballotté par les vents dont il est le jouet,
Fixe sur Waterloo son regard inquiet...
Français, Anglais, Prussien, Autrichien, Moscovite,
Comme un flot qui grossit, hurle et se précipite,
Tous se sont élancés, tous confondent leurs pas,
Et roulent en criant aux ombres du trépas !
A l'aide du soldat dans l'ardente mêlée,
Où la Victoire court, douteuse, échevelée,
Larrey, comme toujours, ne vient pas le dernier !
Mais malheur ! Son sang coule... il est fait prisonnier ;
Et l'aigle était tombé !!...

                    Tais-toi, fier insulaire !
Ne chante pas si haut : pour ange tutélaire
Tes courageux efforts ont eu la Trahison !
Ecris donc Waterloo sur ton noble blason !
A ce brave captif qu'a percé ta mitraille
Ne va pas attacher ton sourire qui raille ;

Car si pour tes blessés tu tentes sa fierté,

En eux il ne saura que voir l'Humanité !

Sous l'équateur en feu, voilà donc Sainte-Hélène !

Pour verser les pensers dont sa grande âme est pleine,

Le héros vient s'asseoir sur la rive des mers....

Là, trompant quelquefois ses souvenirs amers,

Il croit se voir encore aux grands jours des batailles ;

Son fer sur les Anglais fait de larges entailles ;

Et les flots turbulents qui mugissent là-bas

Reflètent jusqu'à lui l'image des combats.

Mais quand le calme étend son miroir sur les ondes,

Il voit tout s'engloutir sous les vagues profondes...

Ce roc n'est plus la France.... il est sous d'autres cieux !

Alors, sur le vélin en reposant ses yeux,

Il prête aux souvenirs une oreille attentive,

Et fait sur le passé courir sa plume active :

Là viendront tous les noms de ceux qu'en d'autres temps

Il vit unir aux siens tant de faits éclatants.

Tous ses anciens amis sont présents à sa vue ;

Il les contemple, et va les passer en revue.

Il a déjà noté plus d'un grand citoyen...

Larrey vient à son tour : C'EST UN HOMME DE BIEN !

. . . .

Glorieux jugement ! qui, volant d'âge en âge,

Va dire à ses neveux que, dans son esclavage,

Le héros le rangea parmi les héritiers

Des rayons de sa gloire et de ses beaux lauriers !

A cette heure surtout sa grandeur se révèle :

Maintenant qu'apparaît une époque nouvelle,

Il n'ira pas souiller pour un poste nouveau

Son titre de Wagram et son cordon d'Eylau [1].

Ame fière et toujours fidèle à la patrie,

Se tenant à l'écart, drapé dans son manteau,

Il jette en rougissant les yeux sur le marteau,

---

[1] Le baron Larrey reçut son titre de baron à Wagram, et à Eylau l'Empereur le fit commandeur de la Légion d'honneur.

Où l'on voit tant de mains se presser importunes,
Et sur l'enclume d'or se forger leurs fortunes !
Si pourtant son pays l'appelle à son devoir,
De suite il y courra, sans se vendre au pouvoir ;
Alors, il servira, sans désirs, sans entraves,
Lui dont les parchemins sont sur le sein des braves !

Du malheureux toujours le plus chaud partisan,
Ce n'est que près de lui qu'il se fait courtisan.
Ce n'est plus sous le feu de l'ardente bataille,
Sur la brèche fumante, où pleuvait la mitraille,
Qu'on le verra courir : c'est au pied du grabat,
Où, lasse de lutter, la misère s'abat,
Et le plus doux présent dont son âme est ravie,
C'est quand ces malheureux renaissent à la vie !
Car sur le corps jamais son zèle trop fervent
Ne tentera la mort au profit du vivant :
Prisant à sa valeur la gloire passagère
Que soulève, un instant, la doctrine étrangère,

Il sait trop que pour être un novateur vanté,
Il faudrait exposer la pauvre Humanité !

Mais voici revenu le drapeau tricolore
Que, jadis, il a vu flotter à son aurore !
Avec non moins d'honneur qu'aux temps républicains,
Il plane de nouveau sur les monts africains.
Larrey, malgré les ans, jeune par le courage,
Veut aller visiter ces guerriers d'un autre âge.
Il part avec son fils, et s'en va rajeunir
Son cœur encor brûlant au feu du souvenir.
Vents, soufflez doucement ; sous son navire agile,
Mer, incline les eaux de ta vague docile ;
Et vous, légers oiseaux, allez à l'autre bord
Annoncer un héros du Caire et du Thabord !

Terre ! Terre ! ont crié passagers et pilote...
Du tillac Larrey voit notre drapeau qui flotte ;
Son cœur s'agite... Il sent des larmes dans ses yeux ;
Il reconnaît l'Afrique et son ciel radieux !

**

Il se croit transporté vers ces grands jours de gloire,

Et suivre encor celui que guidait la Victoire.

Les cris, le bruit du port, notre clairon vainqueur,

Tout cela l'entretient dans son rêve enchanteur...

Il cherche à l'entrevoir là-bas sur la montagne. .

Mais hélas ! C'est en vain : son frère de campagne

N'est plus ! Il se voit seul avec des cheveux blancs '

Alors il sent en lui des regrets accablants...

Cependant pour ne pas répondre avec tristesse

Aux bruyantes clameurs, aux transports d'allégresse,

Que son aspect soulève au loin de toute part,

Il marche en souriant... puis bientôt il repart ;

Et sur la mer durant toute la traversée,

L'Empereur est toujours présent à sa pensée ;

Il est là sur les flots que son pied fait rouler,

Et pâle, avec son glaive, il semble l'appeler...

Bientôt, lorsqu'il aura, d'une vue attendrie,

Reconnu, puis touché le sol de la patrie,

Il va, comme autrefois, vis-à-vis l'ennemi,

Obéir au signal de son ancien ami !

Il n'est plus ! La finit sa brillante carrière !

Mais en vain la Mort va lui jeter sa poussière ;

En vain la loi du Temps dit que tout doit finir :

La tombe, qui retient sa dépouille flétrie

    N'éteindra point son souvenir,

    Vivant au cœur de la patrie !

—

Que sur le sol bientôt s'élève un monument ;

Le poëte a chanté ; que le sculpteur travaille [1] ;

    Et qu'au marbre, pour ornement,

    Il inscrive chaque bataille ;

Puis qu'au-dessous du nom qu'un grand cœur a porté

    Il ajoute en lignes saillantes :

    La Patrie et l'Humanité

    Toutes les deux reconnaissantes !

[1] Depuis, le vœu de l'auteur a eu son accomplissement : on peut voir la belle statue du baron Larrey, par l'illustre David.

TABLE

A Victor Hugo, en lui adressant un exemplaire des *Échos poétiques*. VII

A Lamartine, en lui adressant un exemplaire des *Échos poétiques*. XVII

A Viennet, en réponse à sa lettre sur les *Échos poétiques*. . **XXV**

La Poésie. 5

Le Printemps 15

Le cri du Pauvre. 21

Enfance et Rêverie. 29

Le Passereau. 32

Le Passé. 37

Le Présent. 43

L'Avenir. 46

La Brise. 50

L'Aquilon. 54

Le Plaisir et le Bonheur. 57

Vesper. 62

La Cloche.   67

La pauvre Fille de la vallée.   71

Premier Amour.   75

Le Bouton de Rose.   78

Ballade amoureuse.   80

Christella (légende vénitienne).   85

La dernière pensée de Weber.   88

13 Juillet 1842.   91

Consolations à une Mère.   92

L'Oiseau fidèle.   95

L'Œuvre de Dieu.   98

Hymne nocturne. 102

Écho. 105

A la mémoire du baron Larrey. 107

Paris. — Typographie HENNUYER et FILS, rue du Boulevard, 7.

OUVRAGES DU MÊME AUTEUR

Les Lyres brisées, poëmes, dix-huitième siècle : André Chénier, Gilbert et Malfilâtre.

La Satire du dix-neuvième siècle.

POUR PARAITRE PROCHAINEMENT :

Les Lyres brisées, poëmes, dix-neuvième siècle : Millevoye, Escousse, Elisa Mercœur, Hégésippe Moreau.

Vercingétorix, poème héroïque et national.

Le théâtre complet de Sophocle, traduit en vers.

Paris. — Typographie Hennuyer et fils, rue du Boulevard, 7.

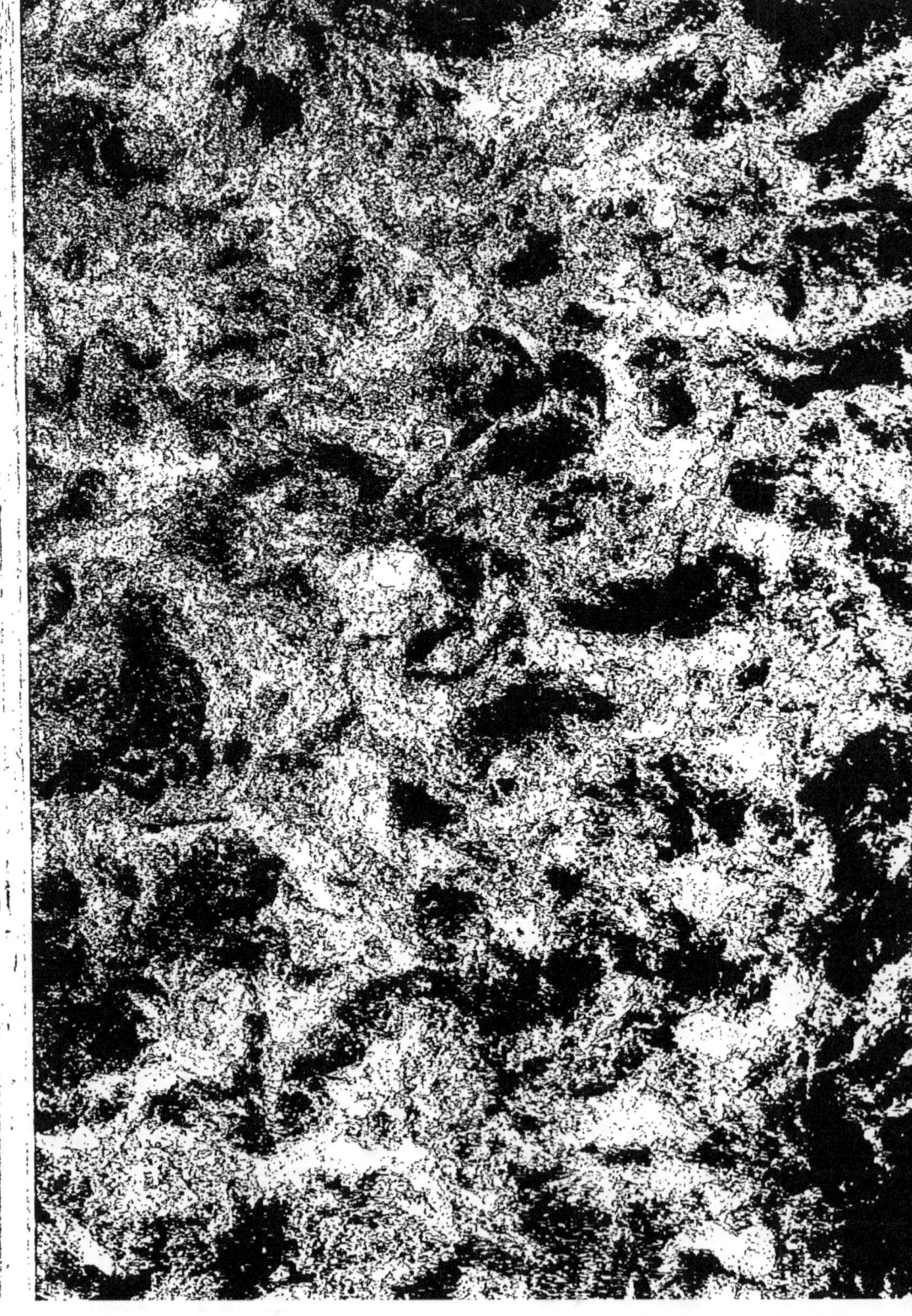

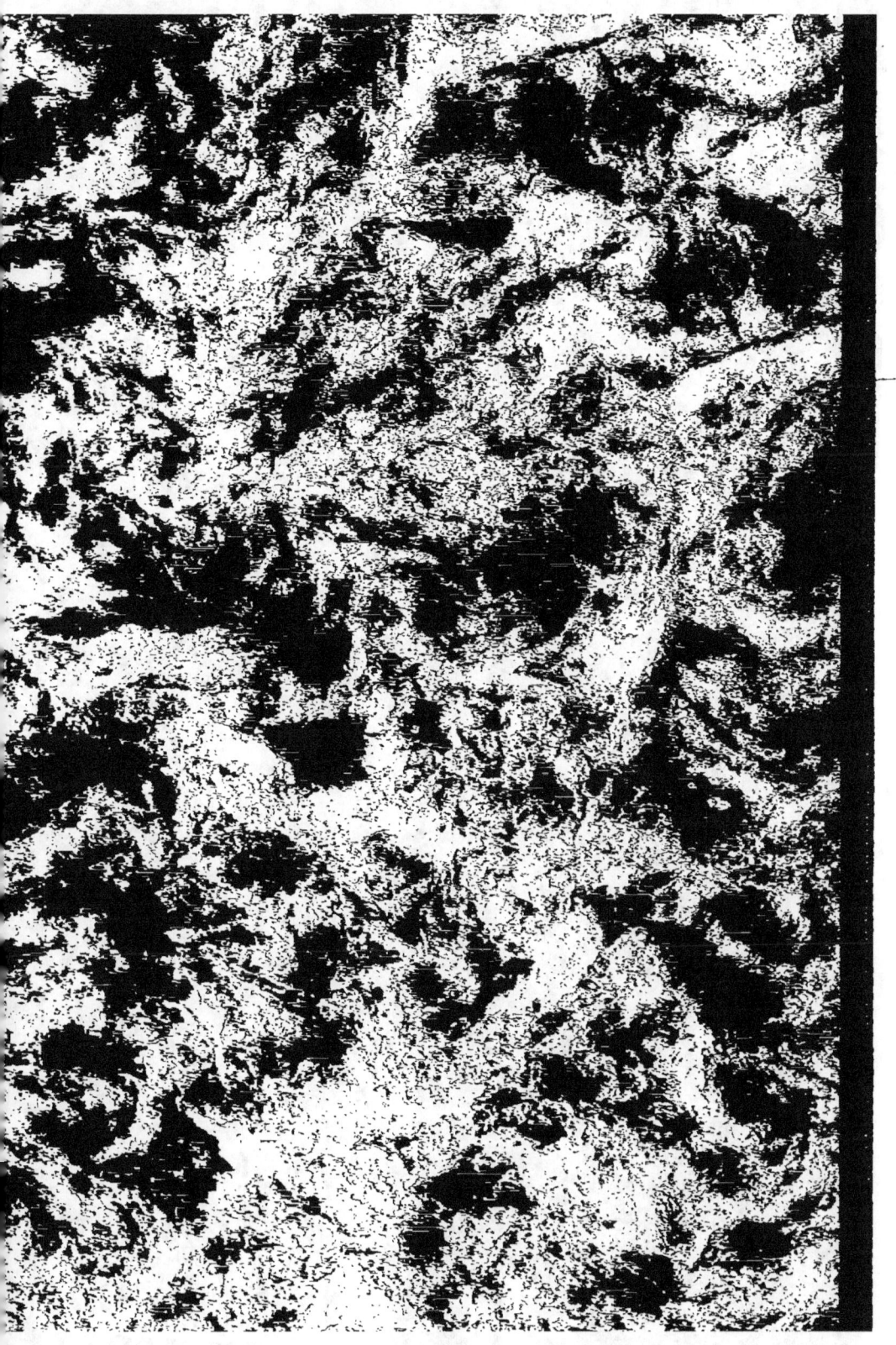

www.ingramcontent.com/pod-product-compliance
Lightning Source LLC
Chambersburg PA
CBHW070905030726
47504CB00005B/1462